SOB MASOCH

Flávio Braga

SOB MASOCH

romance

BestSeller

CIP-BRASIL. CATALOGAÇÃO-NA-FONTE
SINDICATO NACIONAL DOS EDITORES DE LIVROS, RJ.

Braga, Flávio
B792s Sob Masoch / Flávio Braga. – Rio de Janeiro: Best*Seller*, 2010.

ISBN 978-85-7684-333-7

1. Sacher-Masoch, Leopold, Ritter von, 1836-1895 – Ficção. 2. Masoquismo na literatura. 3. Sadismo na literatura. 4. Ficção bra-
10-2199 sileira. I. Título.

CDD: 869.93
CDU: 821.134.3(81)-3

Texto revisado segundo o novo Acordo Ortográfico da Língua Portuguesa.

Título original
SOB MASOCH

Projeto gráfico de capa e miolo: Mari Taboada

EDITORA BEST SELLER LTDA.
Rua Argentina, 171, parte, São Cristóvão
Rio de Janeiro, RJ – 20921-380

Impresso no Brasil
ISBN 978-85-7684-333-7

Seja um leitor preferencial Record.
Cadastre-se e receba informações sobre nossos lançamentos
e nossas promoções.

Atendimento e venda direta ao leitor
mdireto@record.com.br ou (21) 2585-2002

INTRODUÇÃO

Leopold Franz Johann Ferdinand Maria Sacher-Masoch, aristocrata e escritor austríaco do século XIX (1836-95), sofre uma dupla injustiça, conforme o filósofo Gilles Deleuze acentua em ensaio sobre o autor. Tornou-se célebre como pervertido, e menos conhecido como escritor. Mas podemos virar a moeda e a outra face nos informa que, muito provavelmente, Sacher-Masoch estaria hoje esquecido se sua literatura não mexesse com os preciosos brios eróticos da humanidade.

Masoch alfabetizou-se em francês e alemão. Estudou filosofia e ciências naturais. Aspirava e conseguiu tornar-se um romancista de primeira linha. Tinha um projeto literário extremamente ambicioso. Pretendia, num conjunto de 20 volumes intitulados *O legado de Caim*, fazer uma síntese da condição humana em seus aspectos literários, naturais e filosóficos. Mas os homens têm a memória curta para a arte e aguçada para as perversões. Masoch retratou em seus romances suas próprias inclinações, e isso o condenou.

Um criado para seu prazer

Em 1869, Masoch, então com 33 anos, conheceu Fanny de Pistor Bogdanoff, bela mulher, nobre como ele, e que acima de tudo o amava. Leopold lhe propõe um pacto redigido como contrato: durante seis meses ele será seu criado. Ela poderá fazer com ele o que bem entender. A única ressalva é que permita que ele continue a escrever seus romances durante três horas por dia.

O contrato era para Masoch uma forma de reinventar as relações entre homem e mulher. Havia também algo de Fausto na ideia. Um pacto no qual o prazer é obtido à custa do sofrimento. Fanny estranha a proposta, mas, por amor, aceita. O casal empreende uma viagem pela Itália. Passeiam extasiados pelos belos e antigos cenários de Nápoles. Masoch vestido e comportando-se como um criado polonês, como quem acompanha uma princesa.

Ele tinha uma fantasia. Deveriam encontrar um amante, jovem e belo, que a possuísse. Eles o chamariam "o Grego". Finalmente, ela pediria ao amante que chicoteasse seu criado, como punição por mau comportamento. A primeira parte do plano deu certo. Fanny realmente conseguiu um amante. Era um ator chamado Salvini. Mas o rapaz se recusou a surrar Masoch. Este suplicou, beijando-lhe os pés, que o castigasse. Sem sucesso. Em seu livro *A Vênus das peles*, Masoch narra a cena inteira, e na literatura o amante não hesita em malhar o criado. Dá-se o gozo.

Em seu livro, *Présentation de Sacher-Masoch*, o filósofo Gilles Deleuze faz o seguinte comentário: "O contrato masoquista não expressa somente a necessidade do consentimento da vítima, mas também o dom de persuasão, o esforço pedagógico e jurídico pelo qual a vítima educa seu carrasco."

De encontro ao seu desejo

Com *A Vênus das peles*, Masoch tornou-se um escritor conhecido. A fama trouxe uma enxurrada de assédios, alguns sinceros, outros oportunistas. Um desses viria a marcar a vida do escritor. Trata-se do encontro com Wanda.

Abandonada pelo pai e vivendo em péssimas condições com a mãe, que lavava roupa para o Exército, Wanda conheceu madame Frischauer, que julgava ter razões para se vingar de Masoch. Seu filho, um jornalista corrupto, fora denunciado por Leopold. Madame Frischauer leu o livro de Masoch e percebeu sua fraqueza por mulheres dominadoras.

Obrigou Wanda, que era sua empregada, a também ler o livro. Convenceu a jovem de que Masoch a adotaria se ela encarnasse os desejos perversos dele. Fez mais. Escreveu uma carta a Masoch oferecendo seus préstimos e seu amor. Wanda assinou a missiva. Masoch engoliu a isca e respondeu assim:

> Se eu tivesse a sorte de encontrar uma mulher que pudesse encarnar essa Vênus das peles, essa mulher eu amaria, eu a adoraria até a loucura, eu poderia me tornar seu escravo, mesmo que ela fosse apenas uma arrumadeira, porque só espero da mulher beleza e amor.

Wanda, a Dominadora

Quando Wanda – que na verdade chamava-se Aurora Rümelin e foi rebatizada como Alice por Masoch – percebe que ele estava fisgado, passa a sonhar com o casamento. A segurança de estar ao lado de um nobre era muito tentadora. Havia um impedimento. Wanda usava em seus encontros uma máscara, e se dizia casada para mais inflamar o desejo de Masoch.

Ela aprendera nos livros de Masoch que o ciúme é afrodisíaco. Os encontros com uma dama comprometida tinham sabor especial para Leopold. Wanda dispõe-se a abandonar o suposto marido. Masoch era ainda noivo de Jenny. Decide abandoná-la em favor de Alice/Wanda. Esse é apenas o início de seu aviltamento. Quando Wanda percebe que ele está plenamente dominado, retoma a ideia do contrato.

Envia para Masoch uma carta com o seguinte trecho:

> Se me ama como diz, deve assinar o texto anexo, acrescentando-lhe algumas palavras para confirmar que aceita todas as minhas condições e que dá sua palavra de honra de ser meu escravo até o último suspiro. Prove que

tem coragem de se tornar meu marido, meu amante, e... meu cão."

Leopold aceita, com a condição de que ela tire a máscara.

Ele descreve assim o primeiro encontro amoroso dos dois:

> Wanda: dispa-se. Eu: tiro o casaco, quer me amarrar os pés, quer fazê-lo ela própria, amarra-me os pés e as mãos, me chicoteia; inclina-se para mim, pergunta se gosto daquilo. Volúpia. Depois aproxima seus lábios dos meus. Como quero beijá-la, ela se afasta, quer que eu lhe suplique, depois chicoteia com tanta força que mal posso suportar.

Caso-limite entre um romancista e seus personagens. Ele criou Wanda e aceita se tornar escravo de sua própria criatura.

O apaziguamento

Wanda, moça pobre que ascendeu à burguesia com o casamento, logo se tornou uma enfadonha dona de casa. Tiveram três filhos, sendo que o primeiro foi vítima do surto de cólera que se abateu sobre a Europa em 1873. Viveram juntos ainda durante 13 anos, quando nasceram os outros dois – Alexandre e Demetrius. A separação de Wanda só veio em 1883, com a morte do filho Demetrius e o encontro com Hulda Meister, que seria sua segunda esposa.

Hulda era uma burguesa tradicional, mas amava Leopold. Deu segurança emocional a ele. Foi o apaziguamento. Masoch teve várias outras amantes, nas quais perseguiu seu ideal feminino, ou seja, mulheres fortes, autoritárias, que lhe infligiam os castigos esperados. Com Hulda teve mais três filhos.

Sacher-Masoch morreu em 5 de março de 1895, aos 59 anos. Seu corpo foi levado para Heildelberg e cremado, conforme sua vontade. Deixou mais de 30 romances, ensaios e contos publicados. Sua fama como amante singular ultrapassou seu gênio como escritor.

Um olhar sobre Masoch

A intervenção que realizei sobre o autor utiliza seu principal romance, *A Vênus das peles* e traços de sua biografia. Nenhum texto de Masoch foi aproveitado nesta obra.

SOB MASOCH

PARTE I

Chamo-me Severin. A história que pretendo narrar, eu a vivi. Talvez possa parecer ao leitor a ficção mais alucinada, mas reafirmo: eu a vivi. Era jovem, acabara de completar 28 anos quando meu pai comprou o apartamento da praça Cornwel. Minha família possui muitos bens e é um nome tradicional na cidade e no país, que omitirei em salvaguarda, considerando que os fatos aqui narrados não são, exatamente, motivo de orgulho para ninguém.

O prédio pequeno para onde mudei era composto de três pavimentos – o segundo era o meu. No terceiro andar, habitava Wanda. Sua residência tinha um jardim na cobertura. Podia-se ver, da calçada, uma parreira e outras árvores que compunham o ambiente. Só depois de um mês, vi a moradora de cima pela primeira vez. Era uma mulher bonita, mais jovem do que eu. Tinha, depois eu soube, 26 anos e era viúva havia dois. Ela sorriu e agradeceu, quando abri a porta principal do prédio com minha chave. Seus olhos verdes contrastavam com a cabeleira ruiva, mas o queixo era forte, quase prógnato. Mas só embalamos uma conversa três meses depois, também na portaria, quando ela me convidou para um chá ao entardecer. Subi naquela tarde de outono, bastante propenso a me apaixonar por Wanda, mais ainda quando soube de sua viuvez. Falamos de assuntos interessantes aos dois, como arte e viagens, e concluímos que pertencíamos, ambos, à elite da sociedade. A família dela era ainda mais rica que a minha, um verdadeiro clã aristocrático. Na despedida, apertei suas mãos fortes e as beijei, comovido. Ela sorriu com meu gesto.

Após esse primeiro encontro, tornou-se habitual que sentássemos sob a parreira, apreciando a cidade, no mirante privilegiado de seu apartamento. Numa dessas tardes, abriu-se uma garrafa de vinho e brindamos; consumimos várias taças. Meu enlevo erótico cresceu e a beijei, agarrando sua nuca. Talvez eu tenha forçado um pouco a situação, de forma que ela rompeu o abraço e me deu uma bofetada no rosto. Senti ardência e zumbido ecoando. Agarrei suas mãos e as beijei, agradecido.

– Por que agradecer, Severin, quando reagi de forma tão violenta?

Eu não soube explicar. Vermelho e trêmulo, as lágrimas rolaram forte. Desci sem dizer mais nada. Ficamos duas semanas em silêncio.

Ela deixou um recado de duas linhas convidando para o chá habitual, no fim de tarde. O primeiro encontro após a cena da bofetada. Levei rosas e beijei suas mãos, repetindo o gesto da noite constrangedora. Ela aceitou meu carinho sem comentários. Bebemos chá e quase uma hora depois de trocarmos comentários gerais inconsequentes, ela me abordou:

– Não podemos fingir que não aconteceu nada, Severin... Não é melhor falar?

– O que há para ser dito a respeito? – perguntei, um tanto fatalista.

– Tu deves saber... Ou quando agradecias o gesto violento zombavas de mim?

Agarrei suas mãos novamente. Ela quis retirá-las, mas segurei com força e beijei seus dedos. Confessei a paixão, embora não fosse inteira verdade. Sugeri tornarmo-nos um casal, uma vez que nosso convívio era agradável e éramos da mesma classe social. Wanda sorriu. Forcei o beijo e ela não se recusou, mas quando nossos lábios se separaram sorriu, de novo.

– Fico na dúvida se, de fato, estás encantado comigo ou queres apenas enterrar o assunto incômodo.

Ela não era mulher que se deixasse conduzir com facilidade. Isso me agradou e sugeri que em nossos próximos encontros eu revelaria meus segredos mais íntimos. Acrescentei que se tranquilizasse, porque nada do que constituía meu ser poderia abalar sua integridade. Ela sorriu e concordou. Eu mentia.

Em nosso encontro seguinte tentei a cama, após troca de beijos apaixonados. Ficamos nus. Ela me excitou bastante com dedos ágeis e boca despudorada, mas quando avancei para a consumação carnal, ela interrompeu.

– Acho que já somos íntimos o suficiente para que me contes a tua intimidade prometida – disse.

Eu estava em riste, totalmente excitado. Olhei em seus olhos.

–Farei isso, me revelarei, mas para que me compreendas inteiramente, quero que repitas o teu gesto daquela noite.

– Gesto? A bofetada?

– Isso, a bofetada, agora! – implorei.

– Mas...

– Agora! – repeti e ela cedeu, estalando um golpe com a mão aberta em minha face. Uma zoeira forte me abalou e expulsei o sêmen num jorro.

– Severin... Que coisa!

Beijei suas mãos e agradeci.

– Preciso de um conhaque. Queres um? – ela disse, erguendo-se nua e bela.

Sentamos na cama, cálices em punho, e relatei meu segredo.

As minhas confissões alteraram nossa incipiente relação. Wanda não passou a me evitar, nem deixou de aceitar meus beijos, e fomos para a cama umas duas vezes, até que pedi o tratamento adequado.

– Severin, não sei se estou preparada para manter um amante que devo eventualmente surrar... É muito estranho. Sou, na verdade, uma mulher comum – ela disse.

– Não creio, amada Wanda. Uma mulher comum não teria feito eu me apaixonar. Uma mulher comum não me surraria com a determinação com que o fizeste. Quero ser teu amante, teu marido e teu escravo – falei, abrindo o jogo, finalmente.

– Escravo? Escravo, Severin? Nós estamos na Europa, e não na África ou na América. Aqui não há mais escravidão.

– Querida Wanda. Sou um escravo diverso. Não resulto da exploração econômica. Como sabes, tenho respaldo de família. Sou escravo do amor e do vício. Há prazer em me surrar. É preciso tentar, apenas...

– Que homem é você? Que ser abominável. Necessita sentir dor? Será que é um homem de fato?

– Sou teu escravo. Quero que disponhas de meu corpo e de minha vida – quase gritei.

Ela levantou da cama, apanhou minha roupa sobre a poltrona e jogou na minha cara.

– Vá embora, Severin, e me esqueça.

Vesti-me lentamente e fui. Ao fechar a porta da rua, pareceu-me ouvir seus soluços.

Um pequeno bilhete de Wanda, sob minha porta na manhã seguinte, continha um pedido de desculpas pelo descontrole, desejando que fôssemos bons amigos. Solicitei ao meu pai, naquele mesmo dia, uma quantia além daquela que usualmente ele me enviava. Fui à melhor casa de peles da cidade e comprei uma *kazabaika* vermelha, forrada de arminho. Foi o presente mais caro que dei a alguém em toda a minha vida. Depois, numa loja especializada em artigos para cavaleiros, adquiri um chicote de haste dupla. Coloquei-o no fundo de uma bela embalagem de cetim e sobre ele, o casaco de peles. Mandei entregar no apartamento de cima. À tarde do mesmo dia, ouvi sua voz gritando da janela: "Me queria para o chá." Achei o registro vocal diferente. Talvez sibilasse um pouco. Ela nunca havia me chamado assim, com a voz alta invadindo minha casa. Subi, alegre em imaginar que a encantara com o presente. Bati levemente na porta encostada. Ela não respondeu e entrei. Avancei pela sala na penumbra até sentir a dor do chicote lacerando minhas costas. Gritei e me voltei. Ela seguiu me açoitando, enquanto eu me protegia dos golpes com as mãos. Wanda atacava quase nua. Vestia apenas a *kazabaika* e a boca era rubra. Fiquei excitado demais, imediatamente, enquanto ela seguia me surrando e rastros de sangue se abriam em minha pele, no antebraço, no rosto. Caí ajoelhado e ela seguiu golpeando. Tombei estendido no chão. Ela jogou o chicote para o lado e sentou, suavemente, sobre meu rosto. A vulva em meus lábios. Gozei enquanto a lambia. Ela urinou sobre mim, ergueu-se e sentou na poltrona.

– Satisfeito?

– Eu te amo, Wanda. Sou teu escravo eterno e te amo.

– Fiquei pensando em como agradecer o belo presente e só me ocorreu fazer a tua vontade viciosa, sugerida no chicote.

– Sim, não hesite nunca em me castigar – falei deslumbrado de paixão.

– Venha aqui. Me satisfaça agora.

– Eu pingava urina e sangue. O corpo doía, mas eu era feliz. Levantei devagar e, ajoelhado entre suas pernas, a fiz gozar. Depois lavei minhas chagas e sentamos com uma garrafa de champanhe.

– Amada, ficaremos juntos para sempre.

– És um homem inteligente e gentil, mas a minha recepção não significa que eu te aceite como marido – ela disse.

– Dê o nome que quiser ao nosso amor. O certo é que sou teu escravo para sempre.

– Será que preciso de um escravo?

– Sim. Alguém que te adora e que pode maltratar sem que ele te odeie – falei deslumbrado.

– Oh, Severin, é o demônio que fala por tua boca. Está me ensinando a extrair prazer do sofrimento de alguém...

Ajoelhei-me novamente a seus pés e beijei suas mãos.

– Não me expulses, te peço – falei, e as lágrimas rolaram.

Ela acariciou minha cabeça, ergui os olhos e a encarei, ela me deu uma bofetada, então.

– Vá embora daqui, escravo.

Saí contente com a noitada.

À tarde do dia seguinte, subi sem ser convidado. A porta estava encostada. Entrei. Wanda se voltou. Lia à luz de um lampião.

– Ah, és tu? – resmungou quase indiferente.

– Prefere que eu me vá?

– Não. Fica. Preciso falar-te. Senta.

O peso de sua voz era evidente. Havia refletido sobre nós.

– Quero deixar claras algumas coisas. Não te aceito como marido embora deva confessar que estou apaixonada por ti...

Exultei, sorri e cruzei a perna.

– Mas preciso de um homem que me domine e não a quem eu tenha de dominar e fazer sofrer... Te aceito como escravo e diversão, enquanto não conseguir coisa melhor... Se te serve assim?

Levantei da cadeira e me ajoelhei a seus pés.

– Wanda, te amo e minha maneira de amar é me fazendo possuir inteiramente, não compreendes? Quero ser teu para sempre, quero ficar às tuas ordens...

– Não, Severin, não compreendo e não quero compreender. Me contaste a tua história, de tua tia e tudo o mais. Isso tudo me parece uma perturbação mental.

Ela calou-se e eu também. Ficamos um tempo em silêncio.

– Está bem. Que seja da forma que desejas. Sou teu enquanto quiseres, para teu divertimento e para te servir. Usa o chicote sempre que sentir vontade. Aqui, dentro da tua casa, serei teu escravo. O que desejas que eu faça, agora?

– Vem me lamber. Estou viciada em tua língua assim como é dependente de meus golpes. Se me saciares rapidamente, te dou meia dúzia de chibatadas...

– Sim, claro, ama. Mas posso te pedir para vestir a *kazabaika*?

– Te excita me ver vestida com a pele?

– Sim. Basta que esteja com ela, para que meu desejo enrijeça.

Wanda despiu imediatamente o vestido leve. Em seu corpo branco o chumaço de pelos negros na altura do púbis contrastava magnificamente. A minha ama foi até o armário e de lá retirou o casaco de arminho. Vestiu-o e veio caminhando em minha direção. Só quando estava na minha frente é que vi o chicote, que estava escondido em sua mão direita.

– Vem, escravo sacia tua sede em minha cona que te farei sangrar – disse e reconheci em sua voz a crueldade do dia anterior.

Ela sentou na cama e caminhei de quatro, como um cão, até suas coxas. Quando iniciei meu trabalho, ela deitou-se e gemeu.

Os dias e meses seguintes foram de completa felicidade. O prazer jorrava de minhas chagas e amávamos quase todas as noites. Precisamos alternar os sacrifícios para que eu não sucumbisse diante dos maus-tratos. Ao subir, mais uma vez, com partes do corpo cobertas por ataduras, para evitar que os golpes se transformassem em lesão permanente, notei que minha ama estava diferente. Seus olhos estavam inchados de chorar. Corri até ela e beijei seu rosto, perguntando qual o motivo de seu sofrimento.

– Estou cansada, Severin; cansada do prazer em troca de sofrimento. Estou viciada em ti, na tua língua e no teu sangue, espirrando para todos os lados.

Eu não sabia o que dizer e fiquei calado.

– Quero um homem comum.

– Não – gritei. – Eu te amo.

– Eu também te amo, mas é como amar o demônio, Severin... Um tipo especial de demônio. Reconheço.

– Não me troque por ninguém. Tenho ciúmes.

– Não tens direito de ter ciúmes. Não tens direito de nada. Não és nada, nem um homem...

– Se te dá prazer me insultar, eu aceito. Sou teu escravo.

– Chega de repetir que é meu escravo. É um servo a quem não se pode castigar, porque o castigo implica prazer.

– O que posso fazer para te agradar, minha ama?

– Vou para a Itália, de férias.

– Estarei a seu lado para servi-la.

– Eu não disse que irias comigo.

– Leve-me. Serei seu... seu criado. Ajudarei em tudo. Farei tudo.

– Mas não desejo mais ser obrigada a te surrar e quero ficar um pouco sem teus carinhos. Não quero depender deles.

– Farei conforme seus desejos.

– Partiremos na próxima semana. Mas quero te deixar claro que estarei aberta a novos admiradores. Viajo para conseguir um novo amante. Um homem!

– Entendo – falei de olhos baixos.

– Tu pareces um cão a quem se negou um osso. Vem aqui...

Quando cheguei bem perto dela, pousou os lábios sobre os meus, afastou o rosto e me esbofeteou.

Na noite anterior à partida, Wanda gritou meu nome pela janela. Encontrei-a ríspida em sua sala. Não me ofereceu assento.

– Precisamos conversar sobre nossas relações durante a viagem. Serão seis meses em Florença, inicialmente. Quero que assuma um compromisso comigo. Se deseja, de fato, a escravidão, vou te mostrar o que é alguém submisso. Entrarás na Itália vestindo o uniforme que está aí sobre a cama. Obedecerá sem qualquer discussão às minhas ordens... E nada de intimidades, a não ser que eu queira. Fica claro?

– Perfeitamente. Não imaginei outra coisa – eu disse.

– Está proibido de opinar sobre a minha vida íntima. Vou viajar para encontrar novos admiradores e possíveis amantes...

– Não – gritei descontrolado. – Tenho ciúmes – falei resmungando.

– Não tem direito de ter ciúmes. Não possui nada. Só quem possui pode enciumar-se.

– Mas...

– Calado, lacaio!

Suspirei.

– Partiremos amanhã no trem das nove horas.

Fui embarcado na terceira classe, entre servos, com o fedor dominando o ambiente e ruídos íntimos compondo uma sinfonia nojenta. Os escarros e a tosse crônica dos miseráveis eram pontuados por injustificáveis gargalhadas roucas. Eu, metido em meu traje grosseiro de servo humilde, sentei num canto, num dos bancos duros do vagão ordinário. Não havia calefação e temi que a baixa temperatura do inverno acabasse comigo antes de chegarmos ao destino. Na segunda parada, um dos auxiliares avisou que minha ama ordenara presença imediata. Senti um alívio. O simples fato de ver a mulher que eu amava e a quem era submisso me faria bem. Ela estava só, num camarote da primeira classe. Havia aquecedor e uma garrafa de conhaque sobre a mesa.

– Que cara, servo...! E pálido? Por quê?

Eu ia falar e ela me interrompeu.

– Não me interessa, na verdade, a sua situação. Apenas quero evitar que morra enrijecido de frio. Tranque a porta.

Obedeci e, quando me voltei, ela levantava as saias. Exibiu a vulva de pelos negros. Ajoelhei-me e mergulhei entre suas pernas.

– Assim, escravo. Cumpra sua obrigação – gemeu Wanda.

Não demorou para ela, contorcendo-se, derramar seu líquido levemente amargo.

– Aahh, Severin, que prazer! Te concedo uma taça de conhaque e podes te servir do que sobrou do jantar – falou, apontando a bandeja com as sobras da refeição sobre a mesa.

Devorei tudo e bebi o conhaque, retornando à vida, depois de quase dez horas de sofrimento na terceira classe.

– Vou indo, para deixar a minha ama dormir – falei, humildemente.

– Fique. Durma aí no chão. Cubra-se com meu casaco de pele. Não quero que sucumba ao rigor da viagem, sem calefação. Tua língua ainda vale esse sacrifício – disse ela, e deu uma gargalhada.

Adormeci enrolado aos pés da cama de Wanda, como um animal de estimação.

Em Florença, percorremos a estação até o coche e, depois, o vestíbulo do hotel, como ama e servo. Eu caminhava a uma distância de dez passos atrás dela, carregando um baú e duas frasqueiras. Ela sequer se dirigia a mim em público, apenas sinalizava com os dedos os rumos e intenções. Fui acomodado na área de serviço, num quarto mínimo, sem calefação, mas pelo menos não tive de dividir o aposento com ninguém.

À noite ela me mandou chamar e, após dois toques na porta, entrei. Ela estava na penumbra, iluminada unicamente pela luz crepitante da lareira. Vestia o casaco que eu lhe presenteara. Apenas ele sobre a amada pele branca.

– Dispa-se. Por algumas horas, usando o poder que me confere o fato de ser sua dona, vou torná-lo digno de me cobrir de beijos e me invadir sem cerimônia – falou com voz tranquila a minha querida Wanda.

Obedeci. Antes de avançar sobre ela, servi-me do conhaque. Um grande cálice que me transportou de volta ao mundo dos privilégios. Ajoelhei-me entre suas pernas; o carinho com que ela gostava de iniciar nossas sessões. Minha absorção foi tanta, que não notei seu gesto buscando o chicote. O golpe sibilante me arrancou um grito e a excitação cresceu.

– Quero ser possuída logo. Entre, lacaio.

Enquanto eu a invadia, ela envolveu meu pescoço no couro de açoite e foi me enforcando. Gozamos eu e ela, em pleno sufoco entre carrasco e vítima. Caí para o lado sobre a cama macia.

– Amanhã, quando acordar, não quero te ver por perto – disse quase rosnando, antes de adormecer.

Abandonei o quarto durante a madrugada.

Saímos juntos na tarde seguinte, passeando pelos cafés na postura de ama e servo. Eu, seguindo dez passos atrás dela. Estava especialmente bela. Flertava com os homens que julgasse mais interessantes, dignos de seu olhar rápido. Eu sofria de ciúmes, sem outra opção. Sentou num agradável lugar, com mesas ao ar livre, envolvida no perfume das flores em torno. Aguardei além da mureta, em pé, atento aos seus desejos. Pediu café e conhaque enquanto fingia não notar os olhares de um oficial na mesa próxima. Era jovem em seu uniforme branco, possivelmente da Marinha. Ele percebeu que Wanda estava disponível ao seu assédio. Ergueu-se, caminhou três passos, fez uma reverência e solicitou que a minha amada o aceitasse à mesa. Ela sorriu, apenas, e o militar puxou uma cadeira. Eu estava a poucos metros e não podia evitar de ouvir a conversa. Era um tanto absurda a comunicação, porque o rapaz falava mal o francês e minha querida não conhecia o italiano. O idioma que se falava ali, no entanto, tinha pouco a ver com palavras. Eu estava de costas para os dois e o rapaz, que se chamava Alessandro, não contava com a necessidade de minha presença quando decidiram passear pela piazza. Wanda apenas informou: "Esse é Gregor, meu criado." Descobri meu nome-fantasia. Fomos os três, a passos lentos – eu logo depois deles. O oficial cochichava no ouvido dela, que ria. Eu enciumado, é claro. Sofria e gozava. Os avanços de Alessandro foram crescendo de intensidade até que ele beijou seu pescoço após um dos comentários. Ela gargalhou de prazer e voltou o olhar, indicando que se deliciava em me fazer sofrer. Era um carrasco em depuração.

❦

Sobre a Ponti Vecchio, Alessandro agarrou forte a cintura de Wanda e a beijou na boca. Minha amada correspondeu ao carinho oferecendo a língua a seus lábios e, com o canto do olho, registrou meu desespero a pouca distância. O que se seguiu foi uma discussão em mau francês dele e péssimo italiano, dela. O fato é que ele a queria levar para a cama, o que seria o desdobramento natural dos acontecimentos. Mas ela estabelecia alguma condição que eu não conseguia perceber qual. Finalmente, chegaram a um acordo e entramos num coche. O casal sentou no interior do carro e eu, ao lado do condutor. Rumamos à periferia da cidade para uma bela vila, das que os italianos ricos preferem. Estacionados, desembarcamos e, então, Alessandro agarrou meu braço: queria saber que língua eu falava, respondi em italiano que eu o entendia. Notei que se surpreendeu, mas manteve a expressão sisuda. Informou que minha ama condicionava o encontro amoroso à presença de seu servo. Suspirei de horror, mas me mantive. Expliquei que éramos de outro ponto do mundo e essa atitude talvez fosse um ato de insegurança diante da possibilidade de conhecer intimamente um estrangeiro. Falei e me arrependi da excessiva articulação que demonstrei, coisa que não combinava com o vocabulário de um criado. A desconfiança dele aumentava. Tranquilizei-o, lhe assegurando que manteria a maior discrição possível. Enquanto trocávamos essas impressões absurdas, notei que Wanda se divertia com tudo aquilo. Ela era infernal.

Entramos na ampla residência e um criado de *libré* correu para providenciar vinho e comida, segundo as ordens do jovem. Após percorrermos uma escadaria circular, entramos num vasto quarto onde se conjugavam vários ambientes, com sofás e até um cravo. As janelas se abriam para o parque, ao fundo da propriedade. Ele a beijou novamente e fez nova tentativa para que eu ficasse do lado de fora da porta, atento a qualquer pedido de socorro. Assisti, divertido e apavorado, à negativa categórica de Wanda. O criado dele chegou com a travessa de pães e apetitosos queijos, além de uma garrafa de chianti e duas taças. O colega de sina olhou-me desconfiado quando saiu e eu não o segui, uma vez que estava claro que seu patrão logo seduziria uma dama em seu quarto. Ao brindarem, Wanda não perdeu tempo e desabotoou o colarinho da farda de Alessandro. O pobre rapaz não estava à vontade. A sorte lançara em seus braços uma magnífica mulher, mas eu era um entrave à consumação de sua conquista. Ela continuou afrouxando o casaco do bravo militar.

– Pelo menos, vire-se de costas – ele gritou para mim, em italiano.

Prontamente o atendi.

Os momentos seguintes, acompanhei por meio de ruídos, de gemidos que eu reconhecia de Wanda e de expressões pouco cômodas, de Alessandro, em italiano. Havia um móvel alto, um roupeiro, provavelmente, cuja porta acomodava um espelho. Pude ver por ele a minha amada seminua tentando mobilizar seu par ao amor. Sem qualquer prurido, avançava sua mão entre as coxas do rapaz, que transpirava pesadamente. Ele voltou-se num gesto súbito e viu meu olhar refletido.

– Basta – gritou, ele desfazendo o abraço de Wanda. – Que miserável conspiração está acontecendo aqui? Quem és?

– Por que te incomoda tanto a presença do criado? É apenas isso: um servo. Seus olhos não veem nada que não lhe seja ordenado ver. Estou aqui. Sou tua.

– Não consigo. A presença dele me imobiliza, Wanda. Por favor, deixe que ele fique lá fora.

– Pelo jeito minha nudez não consegue te mobilizar o suficiente – disse a minha cruel ama, com voz grave. – Se é assim, é melhor irmos embora. Gregor, me ajude a vestir...

Avancei até a minha senhora, nua.

– Há algo errado com esse criado. Não me queres revelar, mas está claro que não é normal praticar o amor diante de um empregado. Além do mais, começo a duvidar que ele seja de fato, seu criado...

Acabamos de compor as vestes de Wanda e ela tomou a iniciativa de sair.

– Peço que nos consiga transporte. Seja cavalheiro – disse ela, arrogante.

Alessandro chamou o homem que nos servira e ordenou que ele providenciasse nosso retorno. Desejou bom-dia e desapareceu no corredor. No jardim, enquanto aguardávamos o coche, comentei que ela fora cruel com o pobre homem. Wanda ordenou que eu me calasse, mas sorrindo. Levantei a cabeça e olhei para a varanda do primeiro andar. Atrás da vidraça, Alessandro nos observava.

Ao retornarmos, minha doce amada ordenou que eu subisse ao seu quarto.

– Estou excitada. Preciso de sua língua e algo mais.

Fomos imediatamente para a cama e nos fartamos de prazer.

– Tu és responsável pelo soldado não haver conseguido corresponder – disse ela, séria.

– Eu? E por que exigias a minha presença?

– Queria te fazer sofrer. Não é teu objetivo principal na vida?

– Não acredito que tenhas deixado de aproveitar um amante pungente como ele apenas para me agradar – eu disse, provocando-a.

Ela calou e depois me beijou.

– Na verdade eu queria te provocar ciúme. É a ti que amo, não está claro?

– Querida... Amada... – disse, me desmanchando em ternura.

– Vamos ficar juntos, Severin. Como um casal.

– Mas estamos juntos. Sou teu escravo – falei e foi o que bastou para a irritar.

– Eu não quero um escravo. Quero um marido para me amar e proteger.

Baixei a cabeça. Eu entendia o que ela estava dizendo, mas não tinha uma resposta.

– Vai embora daqui – ela disse.

Vesti-me e saí, muito triste comigo mesmo.

Logo que deu nove horas, no dia seguinte, subi para servir a ela o desjejum, mas não havia ninguém na suíte. Desci e na portaria me informaram que ela havia saído cedo. Dei-me conta de como dependia dela. Estava num país estranho, sem dinheiro.... Mas logo ela entrou no saguão. Estava sorridente. Cruzou por mim, sem parar, e apenas disse: "Siga-me." Quando entramos em seu quarto, ela mesma bateu a porta.

– Estou resolvida. Vamos morar alguns meses em Florença. Vamos deixar o hotel. Procurar uma casa.

– O que deu em ti para...

– Cale-se. Não ouse falar assim com sua ama!

– Desculpe. Estou às suas ordens...

– Hei de encontrar amantes que me possuam na tua frente e então conhecerás os sofrimentos do ciúme, além da dor da chibata. Vamos ver uma vila para alugar.

Submeti-me, calado, à sua vontade. Um coche nos levou até próximo de Pontassieve, onde ficava a tal vila. Era menor do que a do oficial, mas uma bela casa em forma de cubo com, pelo menos, uns dez aposentos. Havia oliveiras no jardim e uma fonte que funcionava. O corretor estava lá nos esperando e Wanda alugou a casa de imediato. Era bastante cara, mas mobiliada com bom gosto. Havia um jardineiro e duas empregadas negras. Uma delas muito bonita, chamada Laytina. A outra, mais velha e menos atraente, era Jandira. Ambas não tinham mais de 30 anos. Fui apresentado como Gregor e acomodado num dos quartos da ala de serviço ao lado das duas moças. O homem do jardim era um velho de nome Paolo, um tanto surdo. Fingi que não falava italiano, para me permitir ouvir com mais liberdade, por um lado, e, por outro, não ser incomodado. Jandira falava francês e ficou como uma espécie de intérprete entre nós. Wanda lhe disse que eu era um criado de confiança que havia herdado de sua família. Acrescentou que eu não era totalmente são da cabeça. Ficou acertado que eu lhe levaria o café todas as manhãs e supervisionaria as suas refeições. Laytina me olhou com uma curiosidade que me pareceu um tanto sensual.

❦

Wanda comprou um coche pequeno, que eu conduziria em seus passeios. Fomos até a Piazza de La Signora, onde há o *David* de Michelangelo. Ela estava belíssima, num vestido branco que lhe realçava os quadris. Os homens italianos, que não são nem um pouco discretos, a encaravam diretamente. Paramos em frente à estátua e a minha amada olhava o pequeno pênis do rei e balançava a cabeça.

– Será que se o artista o tivesse representado com a alavanca erguida, as autoridades teriam coragem de expô-lo aqui na praça?

– É, boa questão – concordei.

– Seria uma audácia inexplicável – disse-nos alguém um passo atrás de nós e que ouvira o comentário de minha ama.

Voltamo-nos e o autor da observação revelou-se um homem magro e alto, com olhos muito expressivos.

– Digo isso porque sou artista e me ponho na situação de Michelangelo, que tinha ainda o controle da Igreja sobre o seu trabalho. Muito prazer: Anselmo Dipulca.

Wanda estendeu o braço com a mão solta, convidando a que ele beijasse seus dedos. Ele procedeu assim.

– Wanda von Krajjcav. Ele é Gregor, meu servo.

– São estrangeiros. Estão passeando?

– Vivendo na cidade, Anselmo... Temporariamente. O senhor pinta?

– Sim. E meu atelier fica a poucos metros daqui. Se a bela *signora* me der a honra de conhecer minha arte, darei o dia como ganho.

– Está bem. Estamos mesmo conhecendo a cidade...

Seguimos o homem por vários quarteirões e o diálogo que aqui reproduzo não dá uma ideia pálida do que era Wanda tentando falar italiano, e Anselmo se esforçando para entendê-la. O cubículo sujo que ele chamava pomposamente de atelier estava apinhado de trabalhos em vários estágios de acabamento. Mas muitos deles eram belas peças de óleo sobre tela. Wanda olhou um por um, muitas vezes sofrendo com o pó que pousava sobre seu rosto e vestido.

– O senhor não mentiu. De fato é um pintor – disse ela.

Ele sorriu e descerrou uma tela grande, que retratava uma bela mulher. A modelo era ruiva, assim como minha amada. Era o único retrato de seu acervo.

– Eu gostaria muito de pintar modelos, mas, sinceramente, me falta verba para contratar moças que posem. Essa aí é Bernadette, com quem tive um romance. Ela morreu na peste, há dez anos.

– Mas o senhor deveria receber para pintar e não pagar. Quanto cobra por um retrato?

O homem sorriu, lisonjeado.

– A senhora é uma bela dona. Eu, se pudesse, pagaria para poder pintá-la.

– Perguntei quanto o senhor cobra para pintar um retrato – disse Wanda com um tom de voz levemente irritadiço.

– Bem, seria uma honra poder retratá-la. Ora, por 10 mil liras eu faria a mais bela representação de minha vida.

– Está fechado, Anselmo... Mas com uma condição...

– Sim? Qual?

– Eu escolherei a pose e o entorno do quadro.

Anselmo sorriu. Não podia imaginar que isso se constituísse num problema.

Wanda encarregou-me, no dia seguinte, de buscar Anselmo e seus apetrechos em seu atelier. Viemos apenas os dois na boleia, enquanto cavaletes, telas e demais tralhas foram acomodadas no pequeno espaço interno do coche. Anselmo veio tentando me arrancar informações. Eu fingia não conhecer italiano para responder apenas o que me interessava. Comentou sobre as posses de minha amada e a dificuldade que ele atravessava em Florença, por conta da má fama que adquirira junto a alguns nobres, em decorrência da bebida, que, jurava, abandonara. Ao entrarmos no jardim da vila, ele se encantou e disparou algumas frases agradecidas a Jesus e Maria.

Wanda decidiu que o quadro seria pintado em seu quarto, e eu deveria estar presente. Anselmo armou o cavalete, preparou uma tela bastante grande e se preparou

para o primeiro esboço a carvão. Minha amada não havia aparecido ainda. Determinou que os trabalhos começariam às dez horas, pontualmente. Eu deveria estar a postos, aguardando-a. Essa hora ela saiu de seu quarto de vestir quase nua. Usava apenas a *kazabaika* de arminho que eu presenteara. O artista florentino empalideceu, mas tentou fingir tranquilidade.

– Gregor, dispa-se. Tua participação na obra é importante. Será o meu David.

Obedeci. Apesar do calor da lareira acesa, senti a pele arrepiar. Wanda pousava em frente à cama, em pé, com as pernas um pouco abertas, deixando à mostra a linda flor negra a que sua vulva se assemelhava.

– Deite aos meus pés, escravo – ela gritou um tanto transtornada.

Obedeci. Ela apanhou o chicote sobre a cama e pousou um pé sobre a minha cabeça.

– Esse é o quadro, Anselmo. Consegue reproduzir essa cena?

– Claro, *signora* – respondeu e imediatamente começou a desenhar os esboços. Eu senti certo incômodo na posição e tentei me ajeitar. A minha amada estalou o chicote e me acertou as nádegas, traçando duas linhas ensanguentadas.

– Não esqueça do sangue do escravo à mostra – ressaltou para um Anselmo quase apavorado.

Após meia hora de trabalho, o artista emitiu alguns ruídos estranhos e tremeu um pouco. Ele tentava segurar o lápis, mas suas mãos tremiam e ele gemia.

– Estará tendo algum surto? – sussurrou-me Wanda.

Pedi licença e levantei.

– Sei qual é o problema – falei, indo até o balcão e servindo uma dose farta de conhaque.

Então a estendi a Anselmo, mas sua capacidade de administrar uns goles, àquela altura, havia se perdido. Agarrei sua nuca e, puxando seus cabelos, fiz com que erguesse a cabeça. Então, despejei o conhaque em seus lábios entreabertos. O cheiro do álcool o fez reagir e então abriu a boca e recebeu o restante do cálice. Deu um gemido profundo, as lágrimas vieram à face. Agradeceu, comovido.

– Nosso artista é alcoólatra – sussurrei, voltando à minha posição de escravo ensanguentado.

Após duas horas de trabalho, o esboço estava pronto. Apesar de sua fragilidade emocional, Anselmo era rápido trabalhando.

Eu e o artista almoçamos com Laytina e Jandira na cozinha. Ele perguntou se eu e Wanda éramos amantes e fingi não entender a pergunta. Ele bebeu uma garrafa de vinho durante a refeição e ficou bem falante. Convidou as criadas para posarem como modelos. Elas nem sequer responderam. Talvez imaginassem, com certa razão, que eu informaria a sua ama qualquer coisa que fosse conversada ali, talvez não dessem crédito ao meu desentendimento da língua. Sugeri a Anselmo, após combinar com minha amada, que ele ficasse morando conosco enquanto fazia o quadro. Ele aceitou sorridente. Ganhava dinheiro, bebida e sua ocupação era pintar uma bela mulher pelada. Não havia como negar.

Após horas de trabalho à tarde, que sugeri que fossem regadas com conhaque, Anselmo deu o dia por encerrado. Precisei ajudá-lo a percorrer o caminho até o quarto, onde desmaiou, embriagado. Retornei ao quarto para ajeitar os desarranjos e permitir uma boa noite de sono à Wanda. Ela estava sentada numa poltrona, ainda nua, com um livro nas mãos. Após o meu trabalho me despedi e preparei-me para sair.

– Preciso de teus serviços eróticos, Gregor. Venha me fazer gozar e te dou umas chibatadas, para que durmas tranquilo – falou rindo.

Ajoelhei a seus pés e ela abriu as pernas, lentamente. Doce dependência.

O trabalho de Anselmo evoluía, mas seus surtos alcoólicos, também. Era obrigado a beber logo que acordava, para poder fazer o desjejum e trabalhar. Ele balbuciava algumas palavras ininteligíveis durante seu labor, mas não procuramos saber o que estava querendo dizer. Por vezes, Wanda caminhava até o cavalete e verificava o andamento da obra. Num desses movimentos, ficou de costas para o pintor, com suas magníficas nádegas expostas. Vi que o olhar dele fixara o vértice traseiro das coxas de Wanda e quase pude imaginar o que, de fato, aconteceu. Anselmo ajoelhou-se e abriu as bandas para admirar o cu de minha amada. Ela manteve a calma, mas vi que sua pele arrepiava. Girou o corpo e ergueu a mão direita, empunhando o chicote, que após o estalo no ar, desceu suas hastes sobre o pescoço e as costas do artista bêbado. Ele gritou e ela repetiu os golpes com a habilidade que adquirira comigo.

– Surre-me, quero ser seu escravo – gritou o homem, surpreendendo-nos.

A vida que Anselmo desejava era pintar, beber e, se fosse necessário, entregar-se a algum sacrifício que nossa ama exigisse. Wanda riu muito.

– Volte ao trabalho, tudo aqui é apenas uma representação pictórica – disse ela, e ele se ergueu esfregando as mãos na camisa ensanguentada.

❦

O quadro, quase pronto, revelava uma obra curiosa, permitindo muitas interpretações. Anselmo conseguira fixar o clima, e a expressão de Wanda, carregada de vício, revelava bastante. Por outro lado, nosso artista perdia mais o controle a cada dia. Sempre, pelo meio da tarde, passava a resmungar expressões incompreensíveis e algumas vezes se confessou apaixonado por minha amada. Sem incentivo, tentou agarrar a bela Laytina. A criada queixou-se a Wanda do assédio. Minha amada mandou que ela apanhasse um relho na cocheira e o afastasse a golpes. O resultado é que Anselmo amanhecia sempre numa formidável ressaca e com rosto e braços lanhados pelos golpes de ambas as mulheres. Passei a admirá-lo. Todo o trabalho durou uma semana. No domingo, ele deu a obra por terminada. Havia um clima renascentista no quadro, de grandiosidade, apesar do tema. Talvez se possa dizer que ele tenha dado uma ambientação bíblica àqueles dois personagens: o carrasco, uma bela mulher, quase um anjo, e a vítima, eu ali deitado, sofrendo dores na verdade autoinfligidas. Sim, Anselmo percebera e deixava claro em seu trabalho que eu era consciente e um dos artífices de minha própria dor.

Wanda sugeriu uma comemoração para marcarmos a realização da obra. O quadro foi afixado no salão principal e bebemos champanhe antes do jantar. Um tanto embriagado, como era de costume, e emocionado com o evento, Anselmo discursou. Em suma, disse que estava muito feliz por encontrar uma comunidade familiar em que o próprio sofrimento era motivo de alegria. Rimos muito. Ele completou sua apreciação pedindo que a bela dona da casa lhe permitisse ficar entre nós. Wanda lhe fez a vontade, acrescentando que nossa temporada ali seria de apenas cinco meses e que tinha, desde aquela noite, duas novas "executoras", termo por ela criado para indicar as mulheres que manipulavam bem o chicote. Bateu palmas e entraram Laytina e Jandira vestidas em trajes sumários e improvisados entre o figurino de minha amada. Laytina estava mais à vontade e cobrira-se apenas com faixas de seda envoltas em seu quadril e nos seios. Usava uma máscara, como as de baile à fantasia, e estalava o chicote no ar. Jandira era mais tímida e seus movimentos, menos graciosos. Sua vestimenta era mais discreta, composta de um maiô sobre o qual pendiam franjas de seda coloridas. Ela carregava um rolo de corda no braço e repetia a máscara sobre o rosto.

– Caça aos homens da casa, executoras, começaremos com nosso convidado, o brilhante artista Anselmo revelou seu desejo de ser açoitado. A ele!

Ele ria muito quando Jandira jogou o laço sobre seu tórax. Foi arrastado para fora da mesa e a taça de champanhe voou, desfazendo-se em cacos no piso de pedra.

– Vai envolvê-los nisso, querida – falei, preocupado.

– Cale-se, lacaio, sua vez chegará – respondeu ríspida.

Vencido pelo cansaço e a embriaguez, o pintor deixou-se amarrar a uma cadeira. Não ria mais, embora devorasse com o olhar a carne exposta de Laytina, que pela primeira vez víamos quase pelada. Era uma bela mulher. Desejei-a também.

– Execute, Lay – gritou Wanda e a jovem negra iniciou uma série de chibatadas tímidas contra o pobre bêbado.

Ele agora não achava mais nenhuma graça e gritava de dor. Minha amada se ergueu e tomou o chicote da mão da jovem aprendiz.

– Deixe eu te mostrar como é que se faz – disse ela e passou a golpear com precisão as costas e as pernas de Anselmo até ele parar de gritar e, aparentemente, perder os sentidos.

– A ele – gritou Wanda, transtornada, apontando para mim.

Laytina e Jandira me dominaram rapidamente, porque não opus resistência.

– Vamos para o quarto – ordenou meu carrasco. E segui escada acima, sofrendo os golpes e os xingamentos de Wanda.

Tínhamos agora uma equipe de tortura com três mulheres. Achei razoável que as vítimas também tivessem se multiplicado.

Naquela noite dormi na cama de Wanda, que, após comandar o meu sacrifício, dispensou as negras e me convocou para o amor físico e o prazer. Ao amanhecer, adverti minha adorada de que deveríamos tomar cuidados. Estávamos no país como estrangeiros e uma denúncia nos colocaria em má situação. Ela desdenhou minha preocupação, alegando que pagava bem as duas criadas. Explicou a elas que tudo aquilo era uma espécie de encenação teatral a gosto de todos. Depois me expulsou da cama e ordenou que eu assumisse minha postura de servo novamente.

Ao descer, encontrei Anselmo ainda amarrado na sala, ensanguentado e coberto com o próprio vômito. Temi por ele, mas ainda respirava. Desamarrei-o, arrastei-o até o jardim e joguei-o dentro da fonte. Ele acordou completamente ao mergulhar na água fria. Levei-o até o seu quarto e o fiz despir-se e deitar-se embrulhado no cobertor. Estava convencido a fazer com que ele fosse embora, mas precisava convencer Wanda. Os dias seguintes me dariam razão.

Minha amada e carrasco se envolvera com Laytina. Isso ficou claro quando fui chamado ao quarto, logo após o almoço, e encontrei ambas seminuas sobre a cama.

– Querido... preciso que conheça melhor essa menina. Ela também pode ser tua amante, pois já te arranca tanto prazer com o chicote – disse-me Wanda, sorrindo.

Olhei para Lay e a desejei. Os seios pequenos, intumescidos, as coxas firmes e o olhar maldoso me convenceram.

– Tranque a porta e venha para a cama. Tire a roupa – ordenou-me.

Obedeci. Ambas vestiam apenas vestidos leves sobre o corpo. Mal subi no estrado, despido, e Wanda agarrou meu pênis.

– Fale em italiano. Ele sabe a tua língua, Lay – revelou minha amada, desfazendo meu segredo. Eu ia reclamar, mas resolvi relaxar.

– Tu és linda e eu te desejo – falei na língua dela, a Lay. Ela me ofereceu os lábios com avidez.

Não demorou para os três mergulharem numa orgia maravilhosa. Desconfiei da experiência erótica de Lay. Ela serviu aos meus desejos e aos de Wanda, o que também me surpreendeu, com seu toque de lésbica. Estávamos chegando a uma depuração real de nossos prazeres. Após os gozos de todos, Lay adormeceu e minha amada contou seus planos. Queria um retrato de nossa nova parceira. Revelou que a jovem fora iniciada por um namorado circense nas artes do amor e tinha experiência com mulheres e formas estranhas de prazer. Pedi um exemplo.

– No circo, ora – respondeu, malcriada.

Vesti-me e saí para fazer uma ronda de controle. Eu estava convencido de que alguma coisa errada estava para acontecer.

Nosso artista estava mais depauperado a cada dia. Andava se arrastando pela casa e avaliei que não suportaria outra surra como a que lhe fora aplicada na noite da comemoração. Mas Wanda lhe encomendou o retrato de sua amante recente e ele teve um novo ânimo. E sofria com tudo aquilo.

Fomos convocados, no quarto, para conhecer a ambientação que Wanda decidira para a obra. Dessa vez, Lay seria o centro da tela, mas eu e minha amada faríamos uma figuração interessante. Segundo as instruções de minha ama, Lay apareceria em pé, pisando minha cabeça com o chicote na mão, e Wanda a abraçava por trás, olhando-a com admiração e excitação. Não entendi muito bem o significado simbólico da cena, mas não me entreguei ao esforço de perceber. Meu desejo era aproximar-me o máximo possível do prazer total sem, contudo, sucumbir com ele.

Durante o esboço, a carvão, Anselmo exalava gemidos que demonstravam em meu modo de ver sua insatisfação e desespero, mas ninguém mais reclamou. Por horas, ele desenhou a cena que exigia nossa imobilidade. Lay ria, por vezes, denunciando a menina que era, e motivada pelos beijos que minha amada lhe dispensava no pescoço e no rosto. Eu, deitado no chão, espiava as coxas fortes da negra e as imaginava em volta de meu pescoço, como na noite anterior. A parada, na hora da refeição, permitiu que Anselmo viesse falar comigo. Ele reivindicava que uma das mulheres lhe desse atenção erótica e se referia a algo mais do que uma surra de chicote. Prometi interceder junto a Wanda e assim o fiz, logo que fiquei sozinho com ela.

– Achas mesmo que esse bêbedo é capaz de enrijecer alguma parte do corpo? – respondeu minha ama, mal disfarçando um sorriso.

– Ele merece, ao menos, a oportunidade de tentar – eu disse.

– Está certo. Lay não se incomodará em emprestar seu corpo à experiência. Hoje, ao final do dia, ele poderá demonstrar suas qualidades de macho.

Levei a boa-nova ao nosso Michelangelo. Ele reagiu com um sorriso triste, talvez antecipando o seu fracasso.

Enquanto consumimos duas garrafas de vinho, ele se guardou, talvez tentando não fazer feio na hora da verdade. Mas, durante a tarde, ainda no período de trabalho, foi assaltado por um tremor violento, que só cedeu com a ingestão de uma farta dose de conhaque.

Caía a noite e Wanda deu os compromissos de trabalho do dia por encerrados. Nosso laborioso artista havia esboçado toda a cena e aplicara os tons de vermelho ao fundo da tela. Subimos para o quarto com duas garrafas de champanhe entre muitas risadas. Minha ama permanecia vestida unicamente com seu casaco de pele. O chicote na mão direita. Trancada a porta, Wanda pediu que Lay se despisse completamente. Num gesto, a menina desamarrou o nó do chambre de cetim e ficou nua. Era miúda, mas de formas agradáveis e proporcionais, além de transpirar sensualidade. Anselmo ficou vermelho de excitação e virou uma taça de vinho num único gesto.

– É tua, caro artista. Te incomodas que a gente assista a esse confronto? – perguntou Wanda, lançando certa dubiedade à proposta.

Ele abriu e fechou as mãos, como se refletisse ou testasse sua capacidade.

– Acho que preferiria que ela ficasse só comigo – resmungou em voz baixa e carregada.

Wanda riu e se aproximou de Lay. Apalpou suas nádegas.

– Há um componente lúdico em tudo que praticamos aqui, tu és ciente do fato, certo?

Anselmo aguardou a continuação do argumento, mas era transparente a sua inquietação.

– Lay está sob minha guarda e me pertence nos próximos meses, assim como tu, enquanto usufruíres de minha hospedagem. Posso liberar o teu prazer com Lay, desde que eu também tenha alguma excitação nele. Se assisto ao acasalamento dos dois, divirto-me, caso contrário...

– Temo, senhora...

– Sei, sei o que temes, Anselmo... por isso tenho uma alternativa para que todos nos beneficiemos do componente lúdico. Entrarás ali, na sala de banhos, e terás meia hora para que Lay te sinta um homem pleno. Ela vai gritar "venceu", quando tua lança a penetrar, e então, ela será tua depois da festa, em teu quarto até o amanhecer... Mas, se não ouvirmos aqui de fora a sua voz anunciando a tua vitória, então eu é que me divertirei com meu chicote... Já provaste dele, caro pintor... O que acha?

Anselmo balançou o corpo, piscou muitas vezes, resmungou umas expressões inteligíveis, enquanto analisava a proposta cruel de Wanda.

– Eu aceito – disse ele.

Wanda se dirigiu a Lay, sorrindo.

– E tu, querida menina, estás preparada? Entendeu as regras do jogo?

Lay apenas balançou a cabeça, também sorridente.

– Muito bem. Podemos resolver isso então, Anselmo? Agora?

Ele estava trêmulo e acenou com a cabeça, afirmativo.

– Acho que deverias beber mais um conhaque para manter a calma – falei, mas ele não me ouviu e, agarrando a bela Lay pela mão, caminhou para a sala de banhos.

Quando eles fecharam a porta, Wanda deu uma gargalhada.

– Tua crueldade me encanta e me assusta.

– Não és tu que me desejas assim?

– Preferia que exercitasse tua força comigo!

– Tranquiliza-te. O que é teu, ninguém ocupa – falou.

Olhamos ambos para a porta fechada e minha adorada torturadora voltou o rosto para o relógio de parede.

– Quando o ponteiro estiver no nove, vamos ter de interromper.

Abrimos outro champanhe, sem ouvir um pio que viesse da porta da sala. Quando faltavam apenas dois minutos para que se esgotasse o prazo, a porta se abriu e Lay apareceu.

– Acho que ele não está bem – disse a menina, com os mamilos rijos pelo frio.

Avancei a passos rápidos, prevendo que minha intuição era correta. Anselmo estava deitado no chão, sem camisa, mas ainda de calças. Respirava com muita dificuldade. Wanda estalou o chicote atrás de mim.

– Bem, a sua parte não foi cumprida, meu caro artista. É hora do castigo.

– Ele não está em condições de sofrer. Está mal, talvez morra – eu falei, sinalizando com os braços para que Wanda não o atacasse.

– Saia da frente, jogo é jogo – ela disse, mas como eu permanecesse me interpondo ao castigo, recebi o primeiro golpe nos braços.

Anselmo gemia e ela continuou me golpeando, até que caí de joelhos, abatido e sangrando. Os golpes passaram a atingir o nosso artista.

– Basta, por misericórdia – eu gritava e ela distribuía golpes a esmo, para todos os lados. De repente, parou.

– Tire esse bêbado daqui, e quando acordar, diga-lhe que a pretensão do homem é uma coisa muito séria para se brincar com ela.

Agarrei o pesado Anselmo e o joguei sobre os ombros. Caminhei devagar, a custo, até o seu quarto. Quando o coloquei na cama, ele ofegava.

❦

Ao retornar ao quarto, encontrei Wanda e Lay em troca amorosa intensa. A menina estava deitada entre suas pernas, praticando o carinho que eu, usualmente, oferecia à minha amada. As nádegas da negra voltadas para cima eram provocantes. Ajoelhei-me em frente a elas e iniciei um cuidadoso e lento trabalho de excitação, até que a engrenagem formada pelos três criou uma tensão única e maravilhosa e todos gozamos. Ficamos deitados, lado a lado, respirando fundo e fechei os olhos, extasiado. Senti as mãos de uma delas me manipulando e resolvi não quebrar o encanto. Mantive o prazer puramente sensual do tato e da audição. Enquanto uma delas me beijava, a outra envolvia meus pulsos e meus pés numa corda única, que acabou por me imobilizar. Adivinhei o que estava para acontecer entre tenso e deliciado. A boca que me engoliu era a de Lay, pude perceber por exclusão. Mas logo recebi o primeiro golpe e, ao tentar escapar, fui tomado pela sensação de estar preso ao prazer e à dor, simultaneamente. Ambas se dedicavam a me provocar cada uma dessas sensações antagônicas, até que gozei, ensanguentado e exausto. Acho que adormeci por alguns instantes, mas despertei gritando de dor, quando Lay despejou álcool sobre minhas chagas. Apesar de cruel, era também uma forma de purificação e cicatrização. Sorri.

❦

Acordei durante a madrugada, dormindo entre as minhas duas cruéis amadas. Lembrei de Anselmo. Eu estava preocupado com ele. Levantei e desci ao seu quarto. Confirmaram-se minhas suspeitas. Ele estava morto. Fiquei inicialmente desesperado. Fui até a adega e abri uma garrafa de conhaque. Bebi algumas doses que me refizeram parcialmente. Eu tinha uma dupla culpa: por haver induzido Wanda aos rituais de tortura e ao permitir que ela os aplicasse contra um estranho que tinha problemas sérios de saúde.

Anselmo não morrera em consequência dos golpes de chicote, mas devido a sua saúde física e mental abalada pelo alcoolismo e pela derrota existencial. Eu me sentia responsável pelo que viesse a acontecer com Wanda e comigo, por extensão. Fiquei quase uma hora diante do cadáver, me martirizando e tentando raciocinar. Decidi pela ocultação do corpo. Era o meio da madrugada. Eu tinha três horas de sombras pela frente para acobertar meus atos. Voltei ao quarto, apanhei todos os apetrechos de trabalho do morto e os coloquei num baú. Encilhei os cavalos no coche e coloquei nele o corpo de Anselmo e o baú. Amanhecia quando saí da vila com minha carga lúgubre. Percorri a estrada vazia buscando o ponto certo para abandonar os despojos do infeliz. Um regato em meio à vegetação à margem do caminho me pareceu ideal. Amarrei o cadáver ao baú e os lancei na água, presos a um bom pedaço de rocha. Quando a luz do dia descortinou o horizonte eu retornava, lavado em suor. Libertei os animais do coche e fui para o meu quarto. Adormeci rapidamente, exausto.

Aos empregados informei que o pintor se fora sem se despedir. Lay assistiu à desavença na noite anterior e foi um bom álibi. Mas para Wanda, em confidência, contei a verdade. Ela ficou abalada. Segundo suas palavras: "não imaginava que o sujeito fosse tão frágil". Argumentei que a melhor medida era retornarmos ao nosso país. Sua opinião era de que isso poderia piorar nossa situação. Argumentei que nos próximos dias o corpo seria descoberto e poderiam nos ligar a Anselmo. Wanda riu de minha suposição de que a morte de um artista pária pudesse mobilizar a Justiça e ordenou que eu me calasse, como um bom servo obediente.

O certo é que nos dias seguintes mergulhei numa tristeza profunda, causada talvez pela simpatia que o pintor fracassado me provocava. Só saí do torpor quando minha ama chamou-me a atenção. Ela resolveu que deveríamos passear. Ordenou que eu preparasse o coche. Adiantou que Lay seguiria conosco. Ela estava muito ligada à menina. No dia seguinte partimos para o sul, mas a ideia era chegarmos a Roma para uma semana de férias. Era como se descansássemos do prazer com mais prazer.

Em Roma, ficamos numa hospedaria até que Wanda, com a sua admirável iniciativa, conseguiu alugar todo o andar de cima de um sobrado do século XII. Ela alternava estados de ótimo humor com má vontade de ama. Mas Lay era sempre tratada como a princesa dos sonhos. Eu também estava um tanto apaixonado pela jovem negra, mais ainda depois que ela empunhou o chicote contra mim. Passei a ter duas donas e era duplamente vítima. Não tinha do que me queixar até o dia em que, num café, Wanda se encantou de um sujeito na mesa ao lado. Era um tipo forte, com o físico de um esportista, não deixava de ser um homem atraente. Fiquei imediatamente enciumado. Quando minha ama notou esse sentimento, fez questão de ir até as últimas consequências. Olhou tão insistentemente para o estranho que este se aproximou e acabou sentando conosco.

– Carlo – apresentou-se com um meio sorriso que me pareceu falso.

– Sou Wanda, essa é minha acompanhante, Lay, e ele é o meu servo de confiança – apresentou-se ela, desqualificando-me para Carlo.

– Sejam bem-vindos a Roma – disse entusiasmado o sujeito. – E tenham em mim um guia dos prazeres e das emoções.

Temi pelos próximos passos que o encontro tomaria.

O tal Carlo era um boxeador que se apresentava como tendo algum prestígio na cidade. Lay ria dele, mas com tal doçura que não o ofendia. Ele tinha atitudes um tanto ridículas, como o hábito de flexionar o braço para que todos nós admirássemos seu bíceps latejando. Wanda o tratava num misto de ironia e acidez, de tal forma que ele se inclinava mais para seduzir Lay, que talvez lhe parecesse mais acessível. Convidou-nos para assistir a um combate de que participaria, naquela mesma noite, num circo nos arredores da cidade. Deixou-nos o endereço, e minha ama deu certeza de que lá estaríamos. Desaconselhei o passeio a uma região que me pareceu bastante marginal, mas Wanda acrescentou que esses eram os lugares mais divertidos. Caía a noite quando alugamos um coche e rumamos para a periferia de Roma. Era no caminho para Montecelio. Uma tenda armada num terreno entre dois armazéns abrigava o evento. Havia uma bandinha tocando em frente e o povo comparecia, pagando uma moeda para assistir às lutas. Entramos, sem muita expectativa, quando dois contendores trocavam golpes brutais na arena central.

– Olhe, Severin, e te consoles. Imagine que eu tivesse um braço daqueles quando te surrasse. Não estarias mais aqui – disse a torturadora, rindo muito.

Os socos e pontapés emitiam sons, estalos que envolviam o ambiente num clima de violência e tensão. Um movimento surpreendente de um dos homens que lutava, acertando com o pé o ouvido do adversário, fez com que a luta acabasse, o sangue jorrava pelo chão batido. Entraram dois auxiliares e o derrotado foi arrastado para fora, inconsciente.

Carlo participava da penúltima luta da noite, o que era uma forma de prestígio diante do público. Ele entrou com uma ridícula pele de tigre sobre o maiô. Seus olhos receberam uma sombra maquiada que lhe imprimia um semblante mais assustador do que de fato aparentava. Mas seu adversário era ainda mais impressionante. Um monstro imenso, de barba cerrada e olhar impiedoso, com o sugestivo apelido de Taurus. Expliquei para minha ama que esse tipo de luta popular buscava sempre um antagonismo baseado no bom *versus* o mau. Parecia-me que Carlos encarnava o herói do combate. A luta começou com ambos se examinando, até que Taurus agarrou Carlo pelo pescoço, jogando-o para todos os lados. Eles emitiam urros e gemidos para animar a plateia. Após estudados tabefes e golpes sujos, Carlo lançou o gigante ao chão, abatido, e lhe foi proclamada a vitória. Fomos esperar o nosso combatente na saída e, para nossa surpresa, Taurus, que se chamava Lucio, estava com ele. Eram amigos.

Lucio e Carlo estavam dispostos a serem aceitos como amantes por Wanda e Lay, mas não creio que a minha ama desejasse algum deles por um momento sequer. Eram grosseiros demais, e não errei ao imaginar que ela queria era se divertir com os brutamontes. Mas havia um preço a pagar. Após alguns copos de vinho numa adega, Wanda convidou ambos para que fossem até nossa casa. Eu quis avisar que era perigoso, mas quando me aproximei para falar em seu ouvido, ela me rechaçou, ordenando que eu mantivesse a postura de criado.

Ao entrarmos no quarto, um salão na verdade, com banheira exposta ao centro e inúmeros apetrechos à mão, como chicote, cordas e correntes, Wanda despiu-se num gesto ensaiado. Seu vestido negro, justo e longo, ao ser retirado por suas mãos cruzadas sobre as coxas foi desnudando a carne de minha amada como um repasto jogado às feras. Em alguns instantes, ela pousava inteiramente nua. Imaginei que um dos convidados, ou ambos, a tomaria por força do braço e a estupraria ba-

bando de prazer. Mas eles congelaram, diante de sua ousadia.

– Dispam-se, guerreiros – sussurrou Wanda, num meio sorriso.

Eles pareceram voltar à realidade e começaram a tirar suas roupas. Carlo arrancou a camisa de lã de forma rude e desajeitada. Lucio tirou as calças, deixando a mostra umas calçolas curtas com várias manchas de fezes e urina. Os pênis estavam murchos, o que era uma ofensa para com a cicerone. Eu sorri e ela notou. Apanhou um chicote sobre a mesa.

– Aproxime-se servo. Está se divertindo com quê? Conte-nos, para que possamos rir também – disse ela em voz fria, ameaçadora.

– Não ri, ama – resmunguei, acuado.

Ela vibrou o chicote no ar e me acertou nos braços, que ergui para evitar o golpe no rosto. Logo veio outro ataque e mais outro, sempre precedidos de estalos do couro no ar. Meu sangue respingou em torno, enquanto eu gemia e me defendia como um cão abandonado.

– Chega, senhora – ponderou Carlo. – Por que está surrando o pobre rapaz? – gritou o lutador, indignado.

– Não se envolva nisso. Ele é meu criado para dar vazão à minha crueldade. Além do mais, ele gosta, creia em mim.

Após dizer isso, voltou-se e me aplicou uma nova chibatada.

– Bem, prefiro que não o castigue na nossa frente. A maldade me perturba – completou Carlo.

– A maldade o perturba, mas a minha nudez não conseguiu levantar o seu mastro. Sinto-me ultrajada.

– A senhora está brincando com fogo – ameaçou Lucio.

– Fogo apagado. Tu és outro desarmado – escarneceu Wanda e estalou novamente o chicote. – Dispa-se, escravo – ordenou-me.

– Ama, prefiro....

– Tu não preferes nada. Cabe a ti obedecer.

Fui me livrando do uniforme verde, rasgado e ensanguentado. Aliás, um de muitos. Ao baixar as calças, revelou-se minha ereção. Eles não podiam avaliar que minha excitação vinha mais do chicote do que da nudez de Wanda.

– Vem – ordenou minha ama.

Tentei resistir ao que se anunciava, balançando a cabeça.

– Venhas logo, é uma ordem.

Ao me aproximar, ela pegou em meu mastro e seu toque aumentou meu desejo. Deitou-se e me ajeitei entre suas pernas.

– Tente arrancar alguma coisa de nossos convidados, Lay – gritou Wanda, e com a mão direita agarrou minha cabeça para colocá-la entre suas coxas.

Mergulhei na carne tão minha conhecida a tal ponto que me abstraí do entorno. Quando, algum tempo depois, pude prestar atenção em nossos convidados, pude ver que Lucio estava sobre Lay, enquanto Carlo assistia, sentado ao lado, e manipulando o pênis murcho.

– Basta – gritou minha ama, me empurrando para fora de si. – Já gozei, servo. Prepare a banheira para que eu possa expelir as imundícies que deves ter depositado em mim.

Um tempo depois, calados, todos bebiam enquanto Wanda se banhava.

– O desejo é estranho, não é mesmo, Carlo? – interrogou ela.

– É. A senhora talvez iniba-nos com sua força colossal – arriscou.

– Talvez, Carlo... E tu, Lay, gostaste de ser penetrada por Lucio?

Lay riu, tímida.

– E tu, Lucio, gostaste?

– Um sonho maravilhoso – falou o sujeito, contrastando sua fala mansa com o peitoril espesso.

– Pois bem, antes de ir, deixe duas moedas de ouro. Lay é meretriz e eu sou a sua dona.

– Não fomos avisados, senhora...

– Pensou se tratar de um favor que ela faria? A troco de quê?

– Não vamos pagar nada. Nem sabíamos que a casa era um bordel – interferiu Carlo.

– Creio que os senhores desejam sair daqui impunes, depois do desprezo que demonstraram pelo meu corpo... Isso é uma afronta grave. Eu não arriscaria uma dívida contra mim, se estivesse em suas peles. A vingança pode ser dura. Sugiro que paguem em moeda não convencional. Aceito, por exemplo, que ambos apliquem uma boa surra em meu criado. Eu me darei por satisfeita.

– Ei, não vou admitir isso, de forma alguma – gritei, assumindo uma postura nova diante dos lutadores que cada vez entendiam menos o que se passava.

– Cale-se. Tu és um criado e me obedeces e ao meu desejo, que agora é o de te ver levando umas chibatadas – disse minha ama em voz pausada enquanto levantava da cama e estendia o chicote a Carlo. – Aplique um corretivo no abusado!

Carlo apanhou o chicote e parou, sem ação diante da ordem que recebera. O tempo se esvaía, lentamente, diante da expectativa. O tal Lucio que, afinal, era quem fora cobrado por Wanda, tomou o instrumento da mão do amigo e veio para cima de mim. Ergui os braços e recebi uma série de golpes fracos, se considerarmos a força física que o gigante devia ter. Aguentei calado, até que o sangue aflorou na pele e ele jogou o chicote no piso.

– Vamos embora, Carlo. Nosso lugar não é aqui.

Saíram calados, enquanto minha ama ria deles. Quando ficamos sozinhos, ela se aproximou e passou a mão na minha cabeça.

– O castigo foi tão ínfimo que nem consegui te excitar, pobre Severin...

Pensei nesse instante no paradoxo em que consistia o meu amor por aquela mulher.

Em Roma, passamos a dormir juntos, os três, e muitas noites a jovem Lay amanhecia abraçada a mim, com seu corpo tenro. Apeguei-me a ela, mas o envolvimento profundo que podemos chamar de paixão e amor era por Wanda. Um duplo sentimento nos unia, minha excitação se ligava a sofrimento, mas se era ela quem me infligia o castigo, mais eu gozava, maior satisfação eu tinha. Uma tarde em que ficamos sozinhos, eu e minha ama, falei-lhe de meu amor maior, de como gostaria que ela fosse a minha esposa. Ela sorriu, depois gargalhou.

– E a tua doença? Ficaremos juntos com um chicote na mão? Envelheceremos sob o signo da dor e do sangue?

Eu não sabia o que responder.

– Devemos considerar natural a tua compulsão?

– Tu conheces o meu segredo. Sabe da origem de tudo.

– Sei da origem? E não haverá resistência? Tenta, pelo menos...

– Tentar o quê?

– Busca o desejo sem a dor. Por mim!

Ela vestia apenas um manto longo de cetim. Ergueu-se e o despiu. Seu corpo leitoso ofereceu-se, magnífico. Levantei da cadeira e a ajudei a retirar minha camisa. Ela beijou meus mamilos, ávida, e agarrou meu pênis murcho. Ajoelhou-se na minha frente e o colocou entre os lábios, pobre apêndice inútil. Agarrou meu escroto e apertou. Gritei. Um leve fluir de sangue animou-me.

– Agora um tapa no rosto e um ou dois beliscões fortes te fazem acordar para o amor. Que tristeza, Severin – queixou-se e se afastou.

Cheguei perto dela, levantei seu rosto e as lágrimas rolaram. Abracei-a com força e sussurrei em seu ouvido que a amava.

Retornamos a Florença após 15 dias de repouso e, ao entrar em seu quarto, o quadro pintado por Anselmo nos trouxe recordações dolorosas. Wanda queria queimar a tela, mas fui contra. Era um registro de nossa vida em comum. Ela concordou. Foi até a janela e a abriu completamente. Chovia forte.

– Estamos precisando de diversão. Vamos fazer uma festa, servo. Alguma coisa pequena, mas intensa, para cinquenta pessoas, no máximo. O que achas?

– Bem...

– Pouco importa o que achas. És apenas um servo. Eu é que decido o que vamos fazer. Tu estás encarregado de descobrir quem são as pessoas interessantes da redondeza. Homens! Preciso conseguir um amante...

– Não – gritei. – Tenho ciúme.

– Mais uma razão para que eu consiga um amante com enorme mastro brilhante que me faça gemer de dor e prazer – disse a minha cruel ama.

– Não. Por favor! Tua cona é para mim.

– Como ousa? Um criado falando da vulva de sua ama! Está decidido. Será no final de semana. Apresente-me a lista amanhã.

O ciúme me corroía, mas baixei a cabeça e aceitei a ordem. Não conhecíamos muitas pessoas interessantes, mas com alguma investigação junto a empregados de mansões próximas, elaborei uma lista de convidados. Para tornar a coisa mais verossímil, criei um convite escrito com letras redondas e cuidadosas. Dizia o seguinte:

> Wanda von Krajjcav, representante da nobreza búlgara em Florença, ansiosa por conhecer representantes da elite europeia na Itália, convida para:
>
> - Jantar seguido de sarau.
> - Horário: Após a luz do sol.
> - Traje: O mais de acordo.
> - Local: Vila dos Alencastro.

Achei que estava suficientemente inspirado e o levei para aprovação de minha ama. Ela o olhou devagar.

– Falta uma informação essencial, servo – disse, sorrindo.

– O quê, ama?

– Ela pegou a pena, molhou-a na tinta e alterou por cima o convite.

Wanda von Krajjcav, representante da nobreza búlgara em Florença, ansiosa por conhecer representantes *masculinos e adultos* da elite europeia na Itália, convida para:

- Jantar seguido de sarau.
- Horário: Após a luz do sol.
- Traje: O mais de acordo.
- Local: Vila dos Alencastro.

– Mas, Wanda – protestei –, será uma festa só de homens?

– Claro, servo. Vou me esforçar por um evento em que venham outras mulheres aqui arranjar maridos e amantes? E as famílias? Podem invadir nossa festa com crianças e velhos. Nunca. Só homens. Deveríamos até exigir medida mínima do pênis.

– Mas, ama... a quantos homens pretende satisfazer? A maioria sairá daqui carente. Vão odiar a sua festa – argumentei.

– Não. Contrataremos cortesãs. Mas elas estarão sob minhas ordens e me reservarão os cavalheiros que me interessarem. Será um pouco mais caro, mas muito mais seguro.

Eu não sabia muito bem por onde começar. Solicitei uma quantia em dinheiro para montar a operação. Perambulei pelos bares de Florença em busca do endereço de um bordel de classe e logo fui encaminhado para uma casa discreta, oculta por um jardim de árvores frondosas. Fui recebido por um brutamontes que queria saber quem me indicara e, principalmente, se eu tinha dinheiro para gastar. Depois que ouviu meu sotaque e viu o maço de notas que retirei do bolso, fui imediatamente aceito. A casa era iluminada por candelabros distribuídos ao lado de sofás onde as mulheres se expunham, em trajes transparentes ou mesmo apenas roupas íntimas, como espartilhos e calçolas. Num canto do salão, três homens conversavam, de costas para as mulheres, fumavam charutos e bebiam conhaque.

Aproximei-me de uma ruiva bonita e vulgar que ficou me olhando diretamente. As demais ignoraram a minha chegada. Ela se chamava Sarina ou esse era seu nome de guerra. Tentou puxar uma conversa de sedução, mas cortei sua abordagem e fui direto. Quanto ela cobrava por hora de fornicação? Veio com uma quantia absurda e eu lhe disse que poderia lhe pagar mil liras por informações. Expliquei sobre a festa e os convidados que desejava conseguir. Fui obrigado a dobrar a quantia e descobri que a festa deveria ser num domingo, quando o bordel estava fechado. Ela levaria nove mulheres e cada mulher levaria um homem de pau firme, como fiz questão de acentuar.

– Tu és pederasta? – ela quis saber.

Respondi que não era o caso, mas que eu trabalhava para uma mulher que desejava conhecer homens bem- servidos. Fizemos os cálculos e os custos de pessoal ficariam em 15 mil liras, mais transporte de ida e volta. Combinei de nos encontrarmos antes num restaurante popular que havia próximo. Eu desejava ver o material humano.

– Certamente não será a nobreza europeia que vai com a gente – disse ela, rindo, depois que mostrei o convite.

– Quero evitar bandidos e arruaceiros. Eles devem se comportar como profissionais. Todos vestidos dignamente.

Ela sugeriu que alugássemos casacas para os rapazes e abordou a questão da segurança. Eu deveria ter alguns homens de confiança que não bebessem. Concordei com ela e fiquei de conseguir os guardas. Dei por encerrada a nossa conversa passando 2 mil liras para ela.

– Acho bom subirmos um pouco. Eu te faço gozar muito por apenas mais 500 liras. Se sais daqui sem gastar nada, o Capo não vai achar graça.

– Posso beber alguma coisa no bar. Isso serve?

– Tem certeza de que tu não és pederasta?

– Não, mas estou trabalhando e não gosto de misturar as coisas. Vamos beber uma taça de frisante ali. Eu te convido.

Ela vestia um longo transparente e só tinha uma faixa amarrada em torno dos quadris. Como se fosse uma fralda, mas ficava bem nela. Bebemos, paguei e saí, pensando em como arrumar os tais guardas.

Os garçons, a bebida, a comida e os guardas, que consegui diretamente com a polícia, elevaram o custo da festa para 50 mil liras. Fiquei pensando se o fundo econômico de Wanda seria inesgotável. Os milicianos ficariam num carro, no jardim. Seriam chamados em caso de necessidade. Estariam fardados, o que faria os convidados pensarem duas vezes antes de arranjar encrenca.

No domingo, a atividade foi intensa desde cedo. A casa foi decorada com flores e candelabros. Wanda ordenou que eu arranjasse músicos para animar o evento. Contratei um quarteto de cordas. Aluguei também três caleças para o transporte. Os custos foram a 60 mil liras. Cheguei com os carros no restaurante combinado. Eles tinham mesas ao ar livre, que estavam ocupadas pelos nossos convidados. Fui olhando na cara deles e delas. Sarina estava sorridente e bonita. As prostitutas estavam mais bem-vestidas que os rapazes. Eram jovens da província, na faixa de 25 a 35 anos. Seus trajes eram aqueles que os rapazes usam para passear com as namoradas.

– Vamos ter de passar na alfaiataria. Vamos alugar *smokings* – eu disse.

Eles ficaram me olhando como seu eu fosse um alucinado.

– Já – gritei, batendo palmas, e o restaurante foi se esvaziando, as caleças se enchendo.

Poucas quadras depois estávamos na porta da loja. Ordenei que ficassem nos carros. Desceriam em grupos de três, para não perturbar a ordem do pequeno negócio. Sarina fez questão de ficar ao meu lado, como se estivesse muito inteirada dos preparativos. Entramos com três rapazes. Um era do interior e estava bem constrangido. Bati nas costas dele e disse que não se preocupasse, bastava obedecer às instruções.

O alfaiate Giorgio me aguardava com a loja aberta somente para nós. Quando entramos, mandei que eles se despissem. Começaram, lentamente, entre risadinhas, a tirar a roupa. Bati palmas novamente e pedi pressa. Dois usavam ceroulas e um não tinha nada sob a calça. Ordenei que tirassem toda a roupa. Queriam explicação.

– Na festa, ficarão nus, com certeza. Não querem dar à condessa o desprazer de ter de olhar para esses trajes hediondos, não é? Vistam apenas as casacas e as calças. Joguem suas roupas nesse saco. Na saída, seus trapos serão restituídos.

Falei sempre em italiano, usando certo desprezo, que me pareceu de bom-tom. Tiraram as ceroulas. Um deles tinha um pênis mínimo.

– A condessa vai rir dessa coisinha aí e tu vais ter de aguentar. Vou avisando. Aonde arrumaste esse titica, Sarina?

– Ele é famoso pela língua, senhor Severin. É Tiago, um dos maiores chupeteiros de Florença.

– Está bem, vistam logo as casacas para chamarmos os próximos.

Demoramos quase uma hora naquela operação de vestir os rapazes. Conferi o tamanho das ferramentas como Wanda me pediu. Havia alguns com longos apêndices entre eles. Fiquei imaginando qual deles penetraria a minha amada e senti uma dor aguda de ciúme. Enquanto eu olhava os pênis, Sarina me observava, certamente confirmando suas suspeitas de que eu era mesmo um viado.

Wanda me deu instruções para deixá-los no salão, próximos à lareira que ardia, estalando a madeira em brasa. Ela faria uma entrada triunfal. O quarteto tocava uns temas ligeiros de Mozart e aquele grupo erótico mercenário ficou encantado com tudo. Havia muito champanhe e carne de porco assada em fatias, além de pães. Falei para que se acomodassem à vontade nos sofás e poltronas, que logo conheceriam a condessa. Combinei esse título com Wanda para que eles a respeitassem, uma questão mitológica.

Era meia-noite e o carrilhão do relógio marcou as 12 batidas. Pedi ao quarteto uma valsa para o grande momento. Ela entrou usando o *kazabaika*, é claro, mas sobre um vestido curto de seda negra. Estava deslumbrante. Trazia na mão direita a chibata de duas pontas e, na esquerda, um dildo de 15 centímetros. Caminhou olhando um a um, como um general passando a tropa em revista.

– Eis um grupo de homens de sorte. Todos aqui poderão usufruir de minha vulva e ainda recebem por isso! E há comida e bebida farta. Que sorte, hein rapazes? E o que exijo por tanta generosidade? Apenas enrijecimento. Os flácidos devem se retirar. Estamos combinados? Ah, importante, as mulheres aqui presentes podem aproveitar a festa tanto quanto os homens, com a única restrição de que a preferência por seus corpos e pelo de cada homem é minha. A festa termina quando amanhecer o dia. Vamos ver quem será o primeiro felizardo a exibir as suas referências.

Wanda caminhava bem próximo deles, encarando-os.

– Seu nome?

– Ernesto – respondeu um rapaz em quem a casaca estava apertada. Seu torso largo lembrava o dos halterofilistas, mas o olhar era suave, quase infantil. Wanda perguntou se ela o estimulava, e ele timidamente balançou a cabeça. Ela avançou na sua calça e a arriou um pouco, expondo o pênis murcho.

– Vamos montar o primeiro casal da noite. A loirinha de branco... Te agrada o Ernesto? Fique com ele.

O tom de espetáculo que Wanda ia criando foi desinibindo o grupo. Eles riam das escolhas que ela fazia ao formar novos casais.

– Esse é Genaro. Possui um porrete generoso entre as pernas e bunda bem redonda.

Wanda experimentou o dildo entre as nádegas do rapaz. Ele deu um pulo.

– Gregor, um diluente.

Avancei com um saco de moedas. Ela havia me instruído a preparar várias pequenas bolsas com duas mil liras em moedas de ouro. Seriam formas de suborno no meio das ações.

– Aqui tenho uma quantia para ti – disse ela estendendo o saco para o tal Genaro. – Pode abrir e contar o dinheiro. É teu se me deixares enterrar esse dildo em teu doce rabo. O grupo acha que ele deve ganhar esse dinheiro?

O clima de torcida tomou conta. Mulheres e homens assobiavam e gritavam para que ele aceitasse. Uma delas ofereceu a sua bunda para o sacrifício.

– Se estás tão entusiasmada, é porque és capaz de sentar por duas liras, querida... Então Genaro? Vai aceitar a oferta. Claro. Gregor, traga a banha de porco!

Fiquei surpreso com as iniciativas que a minha Wanda estava tomando. Teria eu despertado a perversa que ali se apresentava? O rapaz chorou calado enquanto ela enterrava lentamente os 15 centímetros em seu ânus.

Olhei para os rostos. Todos estavam atentos – uns surpresos; outros, divertidos, e alguns, preocupados. Quem era essa criatura que comandava a noite?

Wanda sustentou por umas duas horas o show. Cada um dos homens recebeu sua atenção de diferentes formas. Ela manipulou o pênis de um, pediu para ser lambida por outro, e tudo não estava me tocando especialmente, até o momento de Franco. Ele tinha algo especial. Era bonito, forte e tinha um pau grande, mas não era só isso. Sua personalidade estava no rosto, no olhar. Senti que minha amada se interessara especialmente por ele.

– Estou sentindo uma vontade irreprimível. Venha me possuir, Franco.

Wanda despiu-se com dois gestos apenas. Como o rapaz não tomou a decisão com a mesma rapidez, ela gritou:

– Tire a roupa, homem!

Ele se despiu. Eu senti uma queimadura me incendiar.

– Champanhe, Gregor! Franco vai beber em mim. Eu sou a sua taça.

Trêmulo, demorei alguns instantes para me mobilizar. Ela não me perdoou. Recebi duas lambadas, sendo a primeira na altura do rosto. Defendi a segunda com o braço. Aquilo modificou a percepção do grupo sobre a minha posição. Foi humilhante ser surrado na frente deles.

– Despeje a champanhe em mim, para que Franco possa beber.

Fiz o que ela ordenou e Franco avançou sobre Wanda, beijando seu pescoço e seu colo. Depois, agachado e com as mãos nas nádegas dela, colou a boca em sua vulva e sorveu a bebida que, ao lado, eu continuava despejando. Minha dor aumentou quando minha amada interrompeu os carinhos dele para examinar e beijar o seu pênis ereto. Finalmente, ajoelhou-se na poltrona e expôs-se para ser penetrada. Solicitou antes a "Marcha da Cavalaria Ligeira" ao quarteto, e gemeu, riu, gritou, durante quase meia hora de penetração. Mas o que me fez sofrer mesmo foi quando, ao fim do coito, ela indicou a porta de seu quarto para que Franco a aguardasse, descansando em sua cama.

Wanda anunciou que em breve seriam servidos os pratos quentes do jantar, mas antes queria fazer um agradecimento especial a seu servo, Gregor, que a acompanhava havia muitos anos, fazendo todas as suas vontades. Pediu palmas para mim, e o grupo obedeceu. Ela passou o braço sobre meus ombros. Os saltos altos a faziam ficar acima de minha estatura.

– Este servo, que pode parecer aos estranhos um desgraçado inerte e inútil, também é capaz, eventualmente, de uma ereção. Gregor, escolha uma das mulheres e nos faça uma demonstração de sua masculinidade.

Olhei para ela, desesperado, e balancei a cabeça em negativa.

– Escolha já – ela ordenou em meu ouvido.

Quando hesitei, ela me deu duas chibatadas rápidas e avancei em frente. Olhei para Sarina, que me observava, divertida e desolada. Avancei e estendi minha mão para ela. Os golpes me haviam excitado e fui me despindo. Ergui a saia da prostituta e tive um arrepio com a beleza de suas coxas. Ela estava nua sob o pano. Agarrei-a pela cintura e a encaixei em mim. Wanda começou a bater palmas ritmadas e o quarteto acompanhou a cadência. O grupo inteiro passou a acompanhar a minha amada nas palmas, enquanto penetrei Sarina; ela subindo e descendo, gemendo e rindo, abraçada e surpresa com a minha posse. Tudo durou uns poucos minutos, mas foi intenso.

– Não pensei que fosses capaz – disse-me Sarina no ouvido. – Gostei e quero mais em outros momentos.

Não acreditei em suas palavras de prostituta. Homens que a penetrem é a menor necessidade que ela poderia ter, mas deve ter imaginado que eu tinha influência sobre Wanda, de onde poderia vir mais algum dinheiro. Antes que o jantar fosse servido, minha amada resolveu experimentar mais alguns homens.

– É um desperdício tantos machos à disposição sem que se aproveite – ela disse, caminhando entre os rapazes e pegando em seus instrumentos com a maior familiaridade.

Envolveu a cintura de um negro espadaúdo que informou chamar-se Johan.

– E queres provar da minha carne? – perguntou ela ao rapaz.

Ele sorriu e aquiesceu. Ela o beijou longamente, me fazendo arder de ciúme. Logo o rapaz estava sobre ela, penetrando-a. Wanda me surpreendia. Sua voracidade erótica me surpreendia. Ele estava sobre ela, que tinha o dildo numa das mãos. Iniciou massagem no reto de Johan, e logo foi enterrando o enorme instrumento de madeira envernizada nele. O negro contorceu-se de dor no início, mas não interrompeu o coito. O grupo fechou um círculo em torno do estranho casal, e se iniciaram as palmas novamente. Logo se acabaram de prazer. Wanda saiu de dentro dele e voltou-se para mim. Ordenou que eu lhe oferecesse um saco com mil liras. Johan sorriu.

A madrugada transcorreu numa monumental orgia. Após o jantar, embriagado, o grupo envolveu-se em múltiplos coitos. Wanda, ao meu lado, perguntou o que eu estava achando de nossa festa. Sugeri que faríamos inveja a Sodoma e Gomorra. Ela riu e informou-me que desejava alugar Franco pelo período que ficássemos em Florença. Encarregou-me de fazer um acordo financeiro com ele. Eu quis protestar e ela me mandou calar a boca. Ordenou que eu fosse ao seu quarto naquele instante fazer o acerto. Obedeci. Franco dormia profundamente. Tive de sacudi-lo. Acordou assustado, talvez pensando que eu o expulsaria da casa. Expliquei a oferta de Wanda. Ele riu, orgulhoso, mas declinou do convite, porque era casado e fazia parte daquele grupo como uma forma de ganhar um extra. Objetei que minha senhora não era acostumada a ouvir negativas. Sugeri que ele desse uma desculpa à família e argumentasse com uma viagem, por exemplo. Ficaria na casa por dois meses. Sem sair. Apenas comendo, bebendo e atendendo aos desejos de Wanda. Ainda receberia bem por isso. Ele ficou calado, me olhando, depois perguntou qual era a oferta. Era um negociador medíocre, um pobre-diabo. Poderia ter exigido uma quantia e a receberia. Ofereci quinhentas liras por dia e ele apenas sorriu. Mas precisava ir a sua casa, avisar da viagem e tudo o mais.

A presença de Franco criou uma situação clara de amor a três e, muitas vezes, a quatro, quando Lay se incluía em nossas orgias. Mas a noite seguinte à festa foi determinante para estabelecer nossos laços. Franco havia atendido aos desejos de Wanda por horas, e eu fui forçado a assistir, sentado, aos dois. Ele estava exausto e minha amada ordenou que eu o substituísse. Falei que não estava excitado o suficiente. Wanda levantou da cama como uma fera e empunhou o chicote. Eu apenas a olhava, como um cão à espera de um osso. Ela me satisfez, atacando-me com voracidade. Logo o sangue cobriu meus braços e Franco pediu que ela parasse de me açoitar. Pediu por favor. Como ela o ignorou, ele resolveu interferir. Ia agarrar o braço de meu carrasco, quando Wanda o atacou também. Ele não esperava o golpe e o recebeu no rosto. Eu me excitei e pulei sobre ela, caí entre suas pernas, esfomeado por amor. Franco limpava o sangue e nos olhava com estupor. Avaliava, talvez, se deveria reagir à agressão e perder seu soldo ou manter-se afastado de nossa relação. Mais tarde, eu e ele conversamos no jardim e lhe expliquei, da forma que me pareceu mais convincente, ou seja, menti que eu recebia bem para sofrer maus-tratos. Ele não comentou nada, mas deve ter imaginado que tipo de coisa as pessoas não fazem por dinheiro. Fizemos amizade. Ele me contou parte de sua vida, de como, desempregado, passou a explorar mulheres no bordel, e também o amor que tomou por uma de suas vítimas, levando-o a casar com ela e constituir família. Mas prosseguiu na carreira de prostituto e rufião. Era um talento natural.

A festa e o movimento em torno da casa chamavam a atenção de vizinhos e outros curiosos, mas eu temi o que vi no final de uma manhã fria. Um carro da polícia estava parado em frente ao portão com dois homens dentro. Resolvi não aguardar para saber o que se passava, e fui até lá. Perguntei se poderia ajudar em alguma coisa. Um dos homens, que se apresentou como Niil, desceu do carro. Era alto e com olhar arguto. Parecia tentar ver até a nuca do interlocutor. Explicou que na lagoa próxima fora encontrado um corpo, de Anselmo, um pintor fracassado e alcoólatra.

– Anselmo está morto? – fingi surpresa.

A investigação viria até nós, era tolo negar.

– Sim, ele fez alguns trabalhos para nossa casa – respondi a sua pergunta sobre em que condições o havia conhecido.

Aproveitei para perguntar pela causa da morte.

– Afogamento?

Niil foi irônico. – Uma corda e uma pedra o ajudaram a manter-se no fundo. O corpo só foi encontrado porque os peixes devem ter roído as amarras. Lamentei e dei mais detalhes sobre o tempo que ficou trabalhando para nós e quanto recebeu. O investigador anotou tudo que eu disse, me desejou bom dia e partiu.

Sugeri a Wanda a nossa volta a Roma. Se as investigações prosseguissem, poderíamos viver sérios constrangimentos. Ela riu e me classificou de alarmista. Segundo sua avaliação, a polícia não gastaria mais tempo com um pobre pintor bêbedo. Estava enganada. Dois dias depois, o tal Niil voltou a nos visitar, dessa vez sozinho. Bateu à porta e fui chamado por Lay para atendê-lo. Queria ver os trabalhos que havíamos encomendado a Anselmo. Eu temia o interesse dele nas obras, que eram de temática pouco ortodoxa, mas fui obrigado a levá-lo ao segundo andar.

– Os quadros estão no quarto da condessa – falei, tentando colocá-lo em seu lugar de investigador provinciano. – Preciso avisá-la para que esteja em condições de ser vista. Aguarde aqui, por favor.

Eu tinha razão. Wanda e Franco ainda dormiam nus, àquela hora da manhã. Tive de acordá-los com certa dificuldade. Minha amada não gostou de ser importunada, e apanhou o chicote.

– A polícia está aí fora – eu disse num tom de voz normal, para que ela entendesse a gravidade do momento.

Seu braço estava erguido para descer sobre mim, mas ficou no ar.

– Quem?

– O inspetor Niil quer ver os quadros de Anselmo. Acho que devemos mostrá-los, mas não deves estar presente. Saia com Franco para o quarto ao lado e virei com ele até aqui.

Ela pensou um pouco e depois resolveu atender à minha solicitação. O quarto estava desarrumado. Havia garrafas de vinho vazias no chão e um forte cheiro de charuto empestava o ambiente. Joguei as garrafas para baixo da cama e fui buscar Niil.

Ele parou diante das duas telas durante alguns minutos. Reconheceu-me no homem com a cabeça sob a bota de Wanda? Provavelmente. Mas ele não sabia o que dizer. Não havia crime em posar para um retrato, por mais extravagante que ele fosse.

– O corpo estava lacerado por golpes de chicote. Trata-se da arma que a mulher no quadro empunha?

– Certamente que não, inspetor. Essa é uma representação artística em que a imaginação criou asas – eu disse, tentando criar uma cobertura.

– Eu gostaria de ouvir a condessa sobre o caso – informou Niil, com seu olhar perfurante.

Rebati a sua exigência com a informação de que ela não tivera uma noite agradável, dormira pouco e não tinha nada para acrescentar ao que eu mesmo informara. Mas Niil não desistiu. Talvez ela preferisse dar um depoimento no quartel da delegacia?, foi o que ele me levou a entender. Claro que não. Ofereci um café ao inspetor e pedi que ele aguardasse a condessa no salão.

Encontrei Wanda no quarto ao lado, coberta apenas por um *peignoir* transparente. Expliquei que, como eu havia previsto, a morte de Anselmo poderia nos causar problemas com a polícia. Estava lá embaixo um investigador que desejava saber mais sobre o chicote que ela empunhava no retrato. Eu mesmo usava mangas compridas e luvas de mordomo, para esconder as cicatrizes causadas pelos golpes que recebia quase diariamente.

– Eu vou falar com ele – disse Wanda, erguendo-se com decisão.

– Não vestida assim – eu disse. – O policial vai pensar que nossa casa é um bordel.

– Cale a boca, lacaio. Veja como fala comigo...

– Peço-te, com todo o respeito e todo o amor, que considere o que estou dizendo. Se cairmos na mão da polícia, sofreremos chantagem e viveremos péssimos momentos.

– Vou considerar sua opinião. Traga-me um visom longo. Será que há algum remédio para que Franco pare de roncar? É insuportável.

Vestindo o casacão de pele e saltos altos, Wanda se apresentou imponente diante de Niil; eram quase de mesma estatura. Ela estendeu a mão para que ele a beijasse. Mas, por ignorância ou arrogância, ele também estendeu a sua e apertaram as mãos num cumprimento convencional. O idioma italiano arrevesado de Wanda e a sua altivez impressionaram o investigador. Fiquei espiando o encontro dos dois, protegido por uma cortina. Ele foi direto ao ponto, insinuando que Anselmo havia sofrido golpes de chicote enquanto realizava o seu trabalho. Wanda disse-lhe que embora descendesse de escravocratas, jamais surrara um empregado.

– Nossa cidade não é grande, condessa. Tudo que aqui é feito acaba caindo na boca do povo – foi dizendo Niil, calmamente, mas com pronúncia firme. – O que tenho sabido é que nesta casa são realizadas festas animadas por meretrizes contratadas, rufiões e outras figuras pouco recomendáveis.

– Apenas uma festa foi realizada aqui. Contratamos mulheres e homens para animar o evento, e também policiais que ficaram com um carro aí fora, para o caso de haver algum problema. Eles também receberam. Há algo ilegal nisso?

– Apenas quando alguém morre.

– Anselmo não estava presente – emendou, brusca, a minha amada. – E tenho compromissos agora, se não há mais nada a ser dito!

Niil apanhou o chapéu e ficou de pé.

– Voltaremos a nos ver quando a investigação evoluir – disse, depois foi embora.

Daquele dia em diante víamos, frequentemente, o carro de Niil estacionado do outro lado da ruela, em frente ao portão. Quando me encaminhei, duas vezes, para falar, ele partiu. Antevi problemas sérios também com Franco, que, imagino, nunca estivera por tanto tempo com total acesso a bebida, comida e cigarros. Senti que ele estava à beira de um colapso. Era salvo pelo esforço na cama com Wanda, o que o fazia suar e destilar um pouco do que ingeria. Uma semana após a visita do policial, uma mulher com duas crianças pequenas, uma delas de colo, apareceu na casa. Eram a esposa e os filhos de Franco.

Como Niil previra, era impossível esconder qualquer coisa em Florença. A mulher chamava-se Flore, ex-prostituta retirada do bordel por nosso contratado. A fiz entrar. Ela não tinha ciúme, nem nada do gênero, mas estava precisando de dinheiro para o leite e para a manutenção da casa. Vimos, diante dela, outra faceta de Franco. Ele perdeu a tranquilidade e mostrou-se frágil. Sugeri que adiantasse parte de seu pagamento para melhorar a situação de Flore. Ele concordou, beijou a mulher e as crianças, e subiu para o quarto. Dei 5 mil liras para ela e a fiz assinar um recibo. Flore sussurrou em meu ouvido que, se precisasse de seus serviços, ela estaria à disposição. Fiz com que entrassem no coche e a levei até o ponto dos carros de aluguel. Quando retornei, Niil estava em pé ao lado do carro, em frente à casa, e não percebeu a minha chegada.

– O senhor não está convencido de nossa inocência no caso da morte de Anselmo?

Ele me olhou com seu habitual olhar perfurante e disse que não acreditava no assassinato do pintor, mas num acidente. Mas ele estava ali por outros crimes que poderiam acontecer, assim ele completou. Aconselhou a não nos envolvermos com rufiões como Franco, nem prostitutas como Flore. Resolvi contar o que ocorreu, de fato, com Anselmo. Depois perguntei quanto desejava receber para esquecer de nossa existência.

– Tudo que não desejo é esquecer que existem belas condessas, nem perder a esperança de um dia ser visto como alguém menos medíocre do que um policial de província.

Diante dessa resposta, convidei-o a entrar e conhecer Wanda melhor. Era o meio da tarde, e fomos para a sala de banhos, onde uma caldeira mantinha a água dos tanques morna. Dei um roupão e uma toalha para ele, e pedi que me aguardasse. Encontrei Wanda e expliquei que a polícia estava em nossas mãos. Ela desceu para a sala de banhos e convocamos Lay para ajudar-nos com o investigador. Logo estavam nus nos tanques. Eu aguardava, próximo, com as toalhas. Wanda fez algumas observações sobre o prazer amoroso e o sofrimento. Niil solicitou uma orientação maior sobre o assunto. Eu fiquei preocupado, imaginando que a minha amada viesse a revelar meu segredo mais íntimo.

– A dor torna-se prazer diante da vulgaridade dos prazeres mundanos – filosofou Wanda.

– Explique melhor – pediu Niil, quase em tom de interrogatório.

– Ora, inspetor, depois que nos fartamos do prazer erótico convencional, queremos algum que nos cause dor, ou, ainda, somos capazes de sentir dor para receber prazer convencional.

– Continuo entendendo pouco, talvez devido aos limites intelectuais de um policial do interior.

– Vou lhe dar um exemplo. Se eu oferecesse a minha carne ao senhor em troca de uma dose suportável de sofrimento, talvez o senhor aceitasse.

– Está oferecendo? – quis saber Niil.

– Talvez, o senhor teria curiosidade de conhecer o castigo em pagamento?

– Sem compromisso.

– Entregaria minha cona ao seu prazer se açoitasse agora o meu criado Gregor.

Gelei de ciúme e excitação diante da ousadia de Wanda.

– Mas, no caso, não seria meu o sofrimento, condessa.

– Sei perfeitamente que açoitar um inocente é uma forma de castigo, uma crueldade aos nossos valores humanos. A dor de uma injustiça, em troca de um prazer erótico, é mais poderosa do que oferecer o próprio lombo ao látego.

Niil sorriu sem saber como agir. Wanda saiu do tanque e apanhou o chicote sobre a mesa.

– Gregor, tire a camisa. Creio que o inspetor vai lhe aplicar um corretivo de dez golpes firmes – disse ela.

Obedeci, me despindo devagar. Ela começou a secar o cabelo com uma toalha e sentou numa almofada, com as pernas um pouco abertas.

– Mas... O que Gregor fez para merecer uma surra, condessa?

– Explicações não fazem parte do trato. Venha, execute a sua parte e aproveite a minha disposição para te receber.

– É ilegal açoitar alguém sem nenhuma razão.

– Basta, inspetor. Aqui, eu sou a lei e Gregor é o criado. Ele serve para todas as funções. Assista.

Àquela altura eu estava ajoelhado sobre um degrau, aguardando. Ela avançou sedenta e iniciou os golpes. O sangue salpicava as toalhas brancas e formava pequenos veios na água empoçada no chão. Niil nos olhava, atônito, mas não ousou impedi-la. Após o décimo, Wanda jogou o chicote no piso e me estendeu a mão. Levantei em estado de ereção. Ela agarrou meu pênis, me abraçou e o encaixou entre as pernas. Depois seus quadris comandaram os movimentos numa evolução que seus gemidos e os meus embalaram. Aos poucos, ela foi se exasperando e gozou, deitando sobre as almofadas. Permaneci de pé, como um servo obediente.

– São todos loucos – ouvi Niil dizer, enquanto saía do tanque e se secava.

Wanda ainda estava ofegante. O policial se vestiu.

– O que fazem entre vós, é problema vosso, mas se a lei for infringida, teremos que intervir. Boa-noite.

– Botamos a polícia para correr – disse Wanda, rindo, depois que Niil bateu a porta da sala de banhos.

Alguns dias depois, espiei pela janela e vi o carro de Niil estacionado em frente ao portão da casa. Caminhei devagar até lá. Era um percurso mais ou menos longo, e imaginei que ele partiria antes de minha chegada. Mas me aguardou. Conversamos um pouco e ele se referiu à sua última visita, aos acontecimentos da sala de banhos. Ele disse que foi tolo, provinciano, imaginando que nobres agissem como gente comum. Arrependeu-se de não haver cumprido o proposto por Wanda...

– Surrando-me? – perguntei, interrompendo suas desculpas estúpidas.

– Sim – respondeu ele, tranquilamente.

Eu não disse mais nada e ele continuou tentando me convencer a fazê-lo ter acesso, de novo, à nossa casa. Ele queria ser aceito pela "condessa". Prometi que consultaria minha senhora sobre suas intenções. Ele não quis deixar nada sem data definida. Combinou que, no dia seguinte, na mesma hora, estaria a postos ali. Assenti e virei as costas para o policial ambicioso.

Wanda quis ter o policial novamente entre nós, mas desejava assustar o pretensioso servidor da Justiça. Não disse o que planejava e, quando insisti, me mandou calar a boca, com a rispidez de sempre. No dia seguinte, conduzi Niil aos aposentos de Wanda. Ela nos aguardava, vestida apenas com as peles. Seus movimentos deixavam entrever a nudez. Ordenou que Niil se despisse. Ele não discutiu a ordem. Seu corpo era um tanto disforme, com protuberâncias. Havia uma cicatriz na altura do tórax, que Wanda interrogou a causa. Ele recebera um golpe de faca de um marginal durante um cerco. A minha amada se aproximou e agarrou o pênis de Niil. Murcho.

– Estás entrando num clube muito seleto, inspetor.

Uma das condições é ereção para os homens e poder para as mulheres. Estás ciente? Eu mando e minha autoridade não é discutida.

Niil balançou a cabeça, concordando com as premissas. Ela despiu o casaco, expondo sua nudez, e continuou a manipular o pênis do policial, que se apresentava levemente intumescido. Ela deu dois passos até a mesa e apanhou o chicote.

– Nessa casa, os homens que não satisfazem a mestra, apanham. Se satisfizerem, também apanham. Mas serão maltratados de outra forma. Como Gregor! Bastam duas chibatadas para que ele esteja pronto para a ação. E tu, vais conseguir me satisfazer com essa ferramenta semiereta?

Ela agarrou novamente o pênis dele, mas agora apertou seu escroto. Ele gemeu. Niil suava. Via-se o esforço que fazia para estar de acordo.

– Chame Lay – ordenou-me Wanda.

Logo depois, a menina se apresentou, envolta num chambre comprido. Minha mestra abriu o roupão e mostrou o corpo nu da negra.

– Mostre a que veio, Niil. Depois poderá candidatar-se a disputar o meu corpo.

O policial avançou sobre Lay, aparentemente disposto. Beijou o pescoço da menina. Envolveu-a num abraço e tentou levá-la para a cama próxima. Ela se submeteu. Mas Wanda estava perto, observando o ponto de ereção. Ele se colocou entre as pernas de Lay de joelhos e, com uma das mãos, tentou ajeitar o pênis semiflácido na cona da garota. Suava. Niil simulou um ato que, de fato, não estava ocorrendo. Wanda ergueu o chicote e desceu com força sobre as costas do homem. Várias vezes.

– Macho imprestável. Pretensioso!

– Basta, Wanda – eu falei.

Ela se voltou contra mim, girando o chicote no ar e me acertando os braços, que ergui em defesa.

– Mostre a ele, servo. Penetre Lay.

A dor me excitara e acomodei a cabeça entre as pernas da menina e comecei a beijar sua vulva. Arranquei gemidos dela, me despi e a penetrei.

– Franco – gritou Wanda, venha me comer. Prostituto dorminhoco. Franco...

O rapaz entrou nu e sonolento. Ele dormira muito e tinha uma aparência de cansaço.

– Apresente armas – disse ela, erguendo o chicote.

Franco também tinha se acostumado aos maus-tratos, embora não na intensidade com que os recebia. Niil estava sentado na cama, cabisbaixo.

– Preciso comer alguma coisa – queixou-se o contratado.

– Antes, trabalhe. Mostre um pau duro!

Ele iniciou uma manipulação em busca da intumescência.

Eu havia saído de Lay e estava deitado de costas, ofegante.

– Gregor é o único macho infalível dessa casa. Algumas chibatadas, e está sempre a postos – elogiou-me Wanda, se aproximando.

Sentou ao meu lado e pegou em meu pênis ainda ereto.

– Acho que serás tu quem me vais me possuir agora. Estou cheia de desejo – suspirou, depois me golpeou novamente e montou sobre os meus quadris encaixando sua cona.

Mais tarde fizemos uma refeição e Wanda tratou Niil com toda a gentileza. Não parecia a fêmea enlouquecida de momentos antes. Sugeriu que fôssemos para a sala de banhos. Beberíamos champanhe nos tanques de água morna. Estava muito frio e todos adoraram a sugestão. Fiquei servindo as taças numa mesa próxima.

– Tens até o final do dia para me mostrar algum serviço – informou Wanda ao nosso convidado, voltando ao ataque.

Ele sorriu sem muita convicção. Entraram nos tanques aquecidos e minha mestra pediu a Lay que excitasse o convidado. Eles ficaram abraçados. Wanda encaixou-se em Franco que, agora refeito, apresentava-se novamente em forma. Após o coito com o prostituto, minha amada olhou para o outro casal.

– Então, Lay? Aconteceu alguma coisa?

A menina voltou-se e sorriu, encabulada. Wanda se aproximou e, dentro da água, agarrou o pênis do inspetor.

– Quando foi sua última ereção, camarada? No Natal?

Todos riram. Niil atribuiu o deboche ao ambiente que ele desconhecia.

– Vou te ajudar – falou Wanda. – Saia do tanque, enxugue-se, beba um conhaque e deite no sofá, por favor...

O inspetor obedeceu.

– Franco traga os instrumentos que separei no quarto.

Wanda também saiu do tanque e vestiu um roupão. Franco voltou com algumas correntes e cadeados.

– Tenha confiança em mim, Niil... Conheço os homens, suas fraquezas e forças. Confie em mim. Franco

– ela gritou –, prenda as mãos aos pés do inspetor, mas de forma que lhe fique confortável.

Eu não sabia dos planos de Wanda, nem das correntes que surgiram ali. Rapidamente, Niil ficou imobilizado. Minha amada sentou ao lado dele, na poltrona, e começou a manipular o pênis do policial, ainda flácido.

– Lay, empreste-me seus doces lábios para ajudar aqui. Sugue a energia que ainda resta nesse velho instrumento de reprodução... Tem filhos, Niil?

– Dois rapazes – respondeu ele, gaguejante.

Lay se aproximou e baixou a cabeça sobre o quadril dele. Lambeu, beijou, até que veio uma ereção real.

– Olhe o que uma boca de mulher é capaz de fazer por um homem ameaçado – gritou Wanda, e afastou a menina. – Agora deixe comigo.

A minha mestra subiu na poltrona e acomodou-se para sentar sobre o pênis de Niil. Acocorada, tentou encaixar-se nele.

– Amoleceu de novo, inspetor! Sou eu quem lhe tira a vontade? Serei eu a razão de sua perturbação? – Ela gritou e desceu da cadeira, voltou-se de costas para ele.

Vi em seu rosto uma máscara de ódio, mas não podia imaginar que fosse acontecer o que ocorreu. Ela puxou a corrente de forma que ele caiu na laje, depois empurrou com o pé o homem imobilizado para dentro do tanque. Ele gritou e afundou.

– Wanda – alertei –, ele pode se afogar!

Corri para o tanque e o puxei para a superfície pela corrente. Ele respirou ofegante. Nesse momento fui empurrado por Wanda pelas costas e também caí na água. A profundidade permitia uma pessoa se manter de pé, com a cabeça para fora. Mas quando me ergui novamente depois de afundar, olhei em torno e não localizei Niil. As correntes não permitiam que ele ficasse a salvo. Mergulhei e o trouxe à tona. Engolira água, tossia, com olhos muito vermelhos. Ele fora amarrado de forma que não conseguia se equilibrar em pé. Pedi ajuda para retirá-lo do tanque. Wanda respondeu enlouquecida, me aplicando chibatadas no rosto e nas mãos. Resisti por alguns instantes, mas depois larguei Niil e ele afundou. Mergulhei novamente para socorrê-lo, mas quando viemos à tona, os golpes recomeçaram, e eu mesmo bebi água. Em desespero, agarrei-me à amurada do tanque. Ofegava, e abandonei Niil à sorte. Wanda ria e tive dúvida sobre à saúde mental. Franco se deu conta do que ocorria e tentou, da beirada, agarrar o inspetor para trazê-lo à tona, mas também foi golpeado. Enquanto ela se ocupou dele, pude sair da água e a enlaçá-la pela cintura, neutralizando seus movimentos. Ela se agitou e me arranhou, gritando ordens e insultos. Mandei Franco retirar o homem do tanque e ele assim o fez, mas o corpo que foi jogado na laje era um cadáver.

PARTE II

Escrevo porque aqui não há muito mais o que fazer, e é uma forma de passar o tempo. Quem sabe o que acontecerá amanhã? Se acontecer o pior, esse será um registro do que vivi no último ano de minha curta vida. Chamo-me Wanda. Há outros sobrenomes que me pertencem, associam-me a uma família aristocrática da Áustria, mas isso não importa agora. Para efeitos de minha narração, basta que o leitor saiba que me chamo Wanda. Eu era uma pessoa mais ou menos comum há 18 meses, quando conheci Severin. Era meu vizinho de prédio. Um homem jovem, educado, quase bonito, se não por um traço em seu rosto que incomoda, talvez denuncie uma fraqueza ou uma perversão. O que se confirmou. Aproximamo-nos. Ficamos encantados um pelo outro. Éramos, afinal, bastante ricos para não nos preocupar com o futuro material. Tínhamos saúde e pareceu-nos que nos arranjaríamos bem na cama. Isso também se confirmou, mas com uma excentricidade. Ele precisava sentir-se dominado e agredido para sentir prazer! Queria que eu fosse sua proprietária. Ao me tomar em seus braços, vencida essa primeira exigência, era ótimo amante. Sempre me conduzia ao auge do prazer erótico. Durante algumas semanas, pensei e pesei a situação por todos os ângulos que me foi possível ver. Em paralelo, ele era generoso, prestativo. Ofereceu-me peles caras e um chicote! Um chicote! A sua via de prazer! Deveria naquele momento lhe voltar as costas. Mas avalio hoje que já estava tocada pelo veneno da perversão. Seminua, empunhando a arma ganha da própria vítima, eu desfilava em meu quarto distribuindo golpes, rindo do sangue que salpicava meus lençóis e tapetes. Tornou-se comum limpar com álcool a mesa e o chão e desfazer-me da roupa de cama, antes da chegada da camareira, para não denunciar as sessões exóticas que ali aconteciam. É estranho como nos acostumamos a tudo. Severin era cada dia mais solícito. Ajoelhava-se a meus pés, beijava minhas mãos, depois dos golpes que lanhavam sua pele. Muitas vezes pedia que eu urinasse sobre as feridas. Incrível como isso me foi parecendo natural. Após os maus-tratos, ele era o amante mais perfeito. Antes da penetração masculina clássica, praticava o cunilíngua tantas vezes que eu quase me esvaía, então tudo recomeçava com o pênis na vagina. Eu estava apaixonada por Severin. Eu o queria para esposo pelo resto de minha vida. Estava cega, não conseguia ver que amava um louco, um pervertido, cujo prazer era o sofrimento e a submissão. Mas a verdade é que não vi. Ao contrário, fizemos planos. Viajaríamos pela Europa, não como um casal burguês em lua de mel, mas como uma dama e seu servo. A representação total estava incluída no traje dele, no local onde dormia e em nosso comportamento público. Não importa que à noite eu me entregasse a ele como nunca a homem algum. O chicote nos acompanhou a todos os lugares. Hoje sou obrigada a admitir que sempre, em todos os momentos, foi ele quem me dominou. Servi a seus propósitos num nível de premeditação absurdo. Ele era o cérebro por trás de cada um dos nossos movimentos, embora as palavras saíssem de minha boca. Foi como se, ao me dar poder, ele se apoderasse de mim! Caminhando alguns passos atrás, por ruas de Florença, com seu traje de criado, me observava pelas costas e, na verdade, me conduzia. Não sei bem qual foi o momento em que resolvi que deveria me entregar a outros homens. Se, afinal, ele me satisfazia, por que eu pensei em outros? Se eu pagava o alto preço de participar de uma relação perversa porque ele me exauria completamente de prazer, qual o motivo de outro homem conosco? Hoje, aqui, percebo que ali eu já fazia o jogo dele. Era uma forma de lhe provocar ciúme, de fazê-lo sofrer... Mas embora tenha tido alguns amantes enquanto estive com ele, nenhum me satisfez, e nada convencional me bastaria mais. Era preciso que a raiz do relacionamento fosse a minha dominação. Eu fora inoculada pelo vírus do mando, da autoridade perversa. Estava adorando ser uma rainha má, um ser especial sobre a terra, que provoca dor, distribui sofrimento, goza sobre o sangue do amante. Severin cumpria o duplo papel de servo e protetor. Ele me obedecia de forma aparentemente cega, mas na verdade conduzia nossas ações. Os homens comuns que se aproximavam não mediam força com ele. Assustavam-se quando solicitados a me possuir diante do servo. Mas, afinal, que criado é esse que assiste a dama a quem serve em seus momentos íntimos? Enfim, quem se diverte com isso? Era a pergunta subjacente. Então estávamos todos, eu e meus amantes, apenas divertindo Severin – seu jogo pernicioso cujo vértice era a dor. Ser feliz sofrendo era o que movia meu amado Severin. Seria ele um demônio encarnado? Que horrível deslocamento emocional em seu passado o fazia assim? Acho que nunca saberei. E segui em frente. Havia, é claro, uma segunda criatura sendo forjada durante o período de dominação que ele me infligia. Eu mesma era já outra pessoa e alimentava um desejo cada dia mais difícil de conter, por dominação. Infligir dor e extrair prazer era um vício que, lentamente, me dominava. O caso de Anselmo foi o primeiro traço inegável dessa perversão. O pintor que encontramos diante do David marmóreo – decadente, mas talentoso –, quis que conhecêssemos seu estúdio. Ali, pude perceber os retratos encomendados fazendo surgir o interior dos retratados. O poder de um, a fragilidade de outro. Ele poderia fixar na tela o gênio do mal que se apoderava de minha alma? Contratei-o. Severin não sugeriu nem se negou a compor a cena que o primeiro dos retratos expõe. Deitou-se e ofereceu a cabeça para que eu a pisasse, como a serpente que morde o calcanhar do semideus. Durante as sessões de pintura, Anselmo deu-se conta de que mergulhara num pântano de vaidades e vícios amalgamados. Nosso grupo fora acrescido da doce Lay, jovem, sensual, disposta a oferecer seu corpo e sua dedicação à nossa causa impossível: afogar o desejo por prazer e dor. O alcoolismo de Anselmo o fragilizava ao participar de roda tão intensa. A bebida farta e a total liberdade para qualquer ato o afogaram, porque não percebeu o custo dessa felicidade. Sentiu ou intuiu o pacto com Severin e ofereceu-se para integrar meu séquito. Queria ser também escravo da beleza, do erotismo e da dor por prazer, mas fechou os olhos para suas próprias limitações. Alguns golpes de chicote não o faziam um amante pleno como Severin. Ao contrário, esvaía-se ao se expor. Eu, que precisava de outro macho confrontando meu carcereiro, não encontrei nele nada além do retratista. O pobre homem estrebuchou e seu corpo e pincéis foram dispensados no rio mais próximo, atados a uma pedra. Lay tornou-se uma opção de fuga. Eu, que nunca entregara meu corpo a outra mulher, fiz a experiência quase ao acaso, um beijo nos lábios que misturou as línguas intuía outras possibilidades. Abri minha vulva para seus carinhos e aprendi a buscar os caminhos entre coxas de mulher. A última obra de Anselmo registra o triângulo amoroso que eu, Lay e Severin formamos por algum tempo. Limpava as chagas que eu provocava nele; com carinho e gaze cobria a pele lacerada. Oferecia sua carne, e pelo menos uma vez, fingindo dormir, assisti Lay solicitando seus carinhos. Por me observar, aprendeu o que fazer, deu beliscões nele e algumas mordidas. Severin logo a possuiu. Nossa vida era pautada pela busca do prazer, mas eu indicava os caminhos de forma quase aleatória. Rumávamos para as praças, observando os homens, piscando para um, bebendo com outro, meu servo-mestre sempre por perto. Se tudo desse errado, era só ir para o quarto e lhe aplicar alguma tortura que ele logo me fazia gozar. Eu queria mais. Queria colocar em xeque a sua capacidade de me dar prazer. Queria poder lhe dizer "que tédio essa nossa existência", mas, na verdade, eu queria mais, mais homens me devorando, mais mulheres, mais golpes e mais sangue, o vermelho-sangue era minha cor predileta desde então, as manchas escuras do sangue seco, o cheiro forte do sangue jovem. Eu era íntima do sangue de Severin, mas queria mais. Assistimos num circo a uma luta popular, com um dos meus admiradores, um cara que vivia de esmurrar, de arrancar sangue para que o povo gritasse extasiado. Ali eu soube que não era nenhuma exceção: o derramamento de sangue é uma atração popular. O lutador estava convidado para a nossa orgia, depois de seu espetáculo. Havia outro também, estranho que eu não lembre mais seus nomes. Mas quando chegaram à nossa casa, em nossa intimidade, diante do convite para que surrassem nosso querido Severin, recusaram. Eu não conseguia compreender por que lutadores profissionais se recusavam a uma tarefa, para eles, tão simples. Aquela atitude me fez refletir sobre o que é espetáculo e o que é realidade. Por que as pessoas simples, do povo, sentem prazer nas cenas sangrentas, mesmo que simuladas? Por que os profissionais da simulação se recusam a romper a leve barreira entre aparência e dor real? Afinal, de que temos medo? Qual a verdadeira atração que o sofrimento do outro exerce sobre nós, mesmo quando esse sofrimento é falso? Eu comecei a castigar Severin porque ele assim exigiu. Muitas vezes, quando ele saía de minha casa, eu chorava de arrependimento pela violação de meus princípios. Mas eu o amava. Talvez ainda o ame. Enquanto lá fora ele discute com advogados e diplomatas uma forma de me livrar da forca, eu aqui dentro ainda o amo. Maldito Severin, ele se faz amado. É ele quem sofre e ainda é generoso, bem-educado e culto. Nenhuma das minhas loucas ideias foi rebatida por ele. Quando tive a ideia da festa, ele se apressou em procurar o bordel mais próximo e contratar mulheres e rufiões. Entre eles, um homem bonito, Franco, que contratei para me fazer feliz. Severin simplesmente aceitou. Alegou ciúme, mas ficou ao lado, vestido de garçom com a garrafa de champanhe na mão. Miserável. Eu tentava deixar de amá-lo, mas parecia impossível. A festa foi delirante... Sim, algo que não deixava nada a desejar à Roma imperial. As putas desfilando e comendo ou sendo degustadas. Os homens disponíveis, principalmente para mim; as gargalhadas e o deboche... Fui possuída por seis, sete homens ou mais, realmente não me recordo. Durante horas, comandei aquelas almas tristes com suas conas e aríetes disponíveis a poucas liras. Severin também se divertiu, e achei que aquela seria a primeira de uma série de festas. Faríamos de nossa vida um hino ao prazer e, talvez, pela primeira vez, não senti culpa. Não lembrei de pai e mãe, nem imaginei que Jesus me espionasse com olhar reprovador. Achei que, finalmente, o espírito festivo e depravado de Severin me possuía. Estava enganada. Nossa desgraça jazia no fundo do rio, fermentada pelo apodrecimento do cadáver de Anselmo. O maldito pintor fracassado e bêbedo veio à tona, inchado e fedorento. Um lavrador viu, cheirou a paisagem mórbida e chamou a polícia. A lei se apresentou encarnada no inspetor Niil, funcionário público mal pago que nunca havia posto os pés numa orgia de aristocratas. Desconhecia o prazer de embriagar-se com a melhor champanhe e de possuir belas mulheres sem culpa nem custo. Cercou nossa casa em busca de uma elucidação sobre a morte de Anselmo. Severin o conduziu para nossas entranhas. Mostrou os quadros onde nossos desejos estavam expressos em óleo sobre tela. Colocou-o na minha frente e, supostamente, ele me interrogaria, mas na verdade foi seduzido pelo luxo e pela luxúria. Convidado para uma de nossas festas, imaginou que o sofrimento sob o meu chicote fosse, talvez, um castigo imediato por tão saborosos pecados. Sua fragilidade mal-intencionada me levou a desejar o seu sacrifício. Isto, imagino apenas. Quando o surrei enquanto se afogava, minha intenção era ver-me livre dos olhos preconceituosos de quem se afoga no próprio desejo.

EPÍLOGO

A LIBERTAÇÃO DE WANDA CUSTOU À SUA FAMÍLIA VÁRIOS milhões de liras em ouro, distribuídos para juízes, policiais e outras autoridades corruptas. Franco aceitou assumir o crime em troca de parte dessa fortuna e, segundo eu soube, ficou uns poucos anos na prisão. Eu me separei de minha amada, sofrendo, mas acreditando que era o melhor a fazer. Tive outras amantes igualmente compreensíveis quanto a meus prazeres, mas nenhuma com o talento de Wanda.

Este livro foi composto na tipologia Fournier,
em corpo 12,5 e impresso em papel off-white $80g/m^2$,
no Sistema Cameron da Divisão Gráfica da Distribuidora Record.